張曼娟
·唐詩學堂·

麻煩小姐

張曼娟——策劃
黃羿瓅——撰寫
王書曼——繪圖

十年一瞬間——學堂系列新版總序

張曼娟

常常在演講的時候，遇見一些年輕的讀者，他們從容自在的聆聽，意會的頷首，耐心等待著我為他們的書簽名，而後，像是要傾訴一個祕密那樣的靠近我，微笑著對我說：「曼娟老師，我是讀著【○○學堂】長大的。」【奇幻學堂】、【成語學堂】或是【唐詩學堂】就這樣被說出來，說的時候，帶著對於童年與成長的溫柔依戀。

啊！這一批孩子們已經長大了啊，他們看起來，都是很好的成年人了。也許不是念文學相關科系的，可是，他們一直保持著對於文字的敏感度，對於人情世故的理解。

「老師什麼時候要為我們這些小孩子寫書呢？」到現在，我依然能聽見最

初提出這個請求的那個女孩，對我說話的聲音。

而我確實是呼應了她的願望，開始創作並企劃一個又一個學堂系列。

以【奇幻學堂】為起點，我和幾位優秀的創作者：張維中、孫梓評、高培耘與黃羿瓅反覆的開會討論著，除了將古代經典的寶庫傳承給孩子，更想與他們一同走在成長的路上，不管是喜悅或失落；不管是相聚與離別，都是生命的課題，都那麼貴重，應該要被了解著、陪伴著，成為孩子心靈中恆常的暖色調。

這樣的發想和作品，獲得了許多家長、老師的認同，更令我們感到欣喜莫名的是，孩子們的真心喜愛。於是，接著而來的【成語學堂Ⅰ】、【成語學堂Ⅱ】和【唐詩學堂】也都獲得了熱烈回響。

十年之後，那個最初提議的女孩，化成許多個大孩子與小孩子，來到我的面前，與我微笑相認。讓我們知道，當初不只是古典新詮，更是探討孩子成長中各種情境的系列作品，有著這樣深刻的意義。

也是在演講的時候，常有家長詢問：「我的孩子考數學，演算題全對，但是一到應用題就完蛋了，他根本看不懂題目呀。到底該怎麼辦？」這是發生在許多成績優秀的孩子身上的悲劇。

「中文力」不僅能提升國語文程度，而是提升一切學科的基礎，這已經是陳腔濫調了。中文力，不僅是閱讀力，還有理解力與表達力。能不能看懂考題，在考試時拿高分，固然重要。然而，更大的隱憂卻是，應付考試，得到高分的歲月，只占了短短幾年，孩子們未來長長的人生，假若沒有足夠的理解與表達能力，他們將如何面對社會激烈的競爭？如何與他人建立良好的人際關係？這樣的擔憂與期望，才是我們十年來投入許多心血與時間，為孩子創作的初衷。

我們感知到孩子無邊無際的想像力，在成長中不斷消失，於是創作了【奇幻學堂】；察覺到孩子對成語的無感，只是機械式的運用，於是創作了【成語學堂】；發現到孩子對於美感和情感的領受，變得浮誇而淺薄，於是創作了【唐詩學堂】。

十年，彷彿只在一瞬之間，許多孩子長大了，許多孩子正在成長，我們仍在創作的路上，以珍愛的心情，成為孩子最知心的陪伴。

目次

第三章

第四章

第五章

序

創作緣起

荒島的錦囊

張曼娟

「如果有一天，漂流到一座荒島，你有一個袋子，裡面只能裝三本書。那你要帶哪三本呢？」幾個小學生環坐我身邊，十分認真的問問題，十分認真的抄筆記，他們臉上那股太過認真的神情，讓我忍不住想胡鬧。

於是我問：「我會不會獲救呢？」

啊！幾個孩子面面相覷，有的說「會」，有的說「不會」，意見相當分歧。

我只好趕快拉回主題，像他們一樣認真的回答問題：「我想，我會帶一本形音義字典。」

「為什麼帶字典呢？」

「因為我可以慢慢的認識每一個中文字，它們為什麼長得這個樣子？為什麼是這個意思？為什麼要讀成這個音？每個中文字都是一個故事，或是一幅圖畫，我們平時太忙了，沒時間好好了解。如果到了荒島，每天認識一個字，想像一個字的故事和身世，就不會無聊了啊。」

「第二本呢？」

「我會帶一本唐詩選，也許是《唐詩三百首》，也許是更有趣的詩選。如果是短短的絕句，一天就能讀完，如果是長一點的律詩，能讀個兩、三天呢。只要讀一首唐詩，就能把我送到完全不同的另一個地方。我會忘記了自己在荒島，忘記了生活多無聊。」

「那，第三本呢？」

「第三本是《荒島求生手冊》啦！」我說著，大笑起來。孩子們也笑了。

是的，在漂流到荒島的小小錦囊中，我一定要帶上一本唐詩選。那是我幼年時，啟蒙的最初讀物。當我還不識字的時候，母親一字一句教我背誦，許多意思我其實根本不理解。奇妙的是，每當背誦完一首詩，看待世界的眼光竟起了變化——黑夜裡被月光照亮的山，有著那樣柔美的輪廓；春天裡被風吹散的桃花，有著那樣優美的弧度；湖水在陽光下閃動，像許多隱藏著祕密的眼睛——我感覺到一種莫名的感動或感傷，緩緩在心中膨脹起來。多年以後才明白，這

就是美感的體驗啊。

二〇〇五年，我成立了【張曼娟小學堂】，堅持將「讀詩」納入課程中，為的也就是要帶給孩子美感的啟發。他們用一首詩扣問人世，整個世界以龐大的聲音、氣味、色彩、光影來回應。於是，孩子被觸動了，他想要理解、詮釋、表達、創作，用著詩人的眼睛與心靈。

自二〇〇六年開始，與親子天下展開了一系列合作，從【張曼娟奇幻學堂】、【張曼娟成語學堂I】到【張曼娟成語學堂II】，非常幸運的是，我們擁有最優秀的創作與發行團隊，不斷尋找新的模式及創意，每一本書的呈現都如此亮眼動人。更幸運的是，這一系列的作品，獲得許多肯定與認同，家長、老師和孩子們，真心喜歡這些好聽的故事。每一次的好成績，都使我們得到極大的鼓舞，一定要為孩子寫出嶄新的好故事，並且，還能把古老的經典融合其間。我想，這也是最大的艱難與挑戰。

這一次，我們挑選的主題是盛唐詩人及著名詩作，如何能與全新故事結合？相當有經驗的四位寫作者，用整整一年的時間，共同完成了【張曼娟唐詩學堂】。

高培耘的《詩無敵》，寫的是李白與小男孩小光的宿世情緣；張維中的《讓我們看雲去》，則是未來世界的雲仔遇見了王維；孫梓評的《邊邊》中，胖胖的英雄勇闖大漠，風沙中邂逅了岑參、高適與許多邊塞詩人；黃羿瓅的《麻煩小姐》則以懸疑的題材，重現杜甫的光焰萬丈長。

就這樣，算是完整勾勒出盛唐詩歌的版圖。浪漫派的李白、社會寫實派的杜甫、自然田園派的王維、孟浩然，以及邊塞詩人與詩作特有的豪氣干雲。

古典詩並不只是苦苦背誦的教材而已；並不只是《唐詩三百首》中排列的人名與五言、七言而已，經過四位作家令人驚喜的想像、高度的創作技巧，每一首詩都有體溫，每一位詩人仍那樣熱切的抒情。

而漸漸長大的孩子，終會發現，哪怕從不出海，人生也會有某些「荒島時刻」，感覺自己被放逐，那樣孤單無助。這時候，他們也許會想起隨身攜帶的錦囊，小小的錦囊中有微微發亮的詩，當他輕輕誦讀，便聽見了鳥語，嗅聞到花香，整個世界露出溫柔的微笑。

謹序於二〇一〇年　又見白露　臺北城

人物介紹

寧奶奶

七十歲老奶奶，新來到天母的「獨居老人」，行為特異，知識豐富。

杜子美

十四歲少女，生活貧困，很會跑步，認為自己是「貧窮型女」；生性爽直，但脾氣與眾不同，怪癖多，和麻煩共生，人稱「麻煩小姐」。

杜子雅

子美的妹妹，十二歲，乖巧、保守、膽怯，好文藝，是個文學少女。

哈博樂

十四歲少年，子美的同學，家境富裕。暗戀杜子美，生活一直與杜家相關聯。外號「阿勃勒」。

黃儷曉

子美的同班死黨。文章好，唱歌好聽，外號「黃鸝鳥」。

溫柔

子美姊妹的媽媽。四十歲。一直陷在婚姻與家庭困境裡，無法振作。

（大杜威，建築師，兩年前拋家棄子。）

哈博強

十一歲，博樂的弟弟，父親人稱「哈將軍」。

哈貴婦

博樂、博強的媽媽，生性勢利眼，愛找杜家與子美麻煩。

周桂花

溫柔的好友，儷曉的媽媽，開湯圓店。

第一章

貧窮型女的缺角人生

兩箇黃鸝鳴翠柳，一行白鷺上青天

我很認真的跟你說，

杜甫，可是一位偉人！

「我的原則很簡單。守時、勤快、服從。說明白點，我們約好了，你就不能遲到；倘若心存懶散，不如別開始；請你做的事，埋頭苦幹就對了。而如果有一天我不再見你了，就是終止雇用，你得有心理準備，不要找麻煩。另外，我叫葛寧，你可以喊我『寧奶奶』。這些簡單的原則，能接受嗎？」

姊姊點頭如搗蒜。打工費一小時有兩百元，還當日付現，她當然接受！何況這位胸前掛著老花眼鏡、手拄著木杖的老婆婆看起來雖然很「難搞」，相信我，我姊姊不遑多讓，她可是我認識的地球人當中，最麻煩的一個。

儘管如此，姊姊仍是我的偶像。

臺北市郊，天母磺溪附近，梧鷗路上的頂級豪廈間，那「只」別名「草堂」的一層樓小平房，便是寒舍。稱它一「只」，因它就像一只大紙箱倒扣而已，除了長方形的五個面，加上地面，幾乎別無長物。而包圍小屋四方的小菜圃，算是紙箱倒扣反摺出來的四個面吧，讓這草堂顯得更小，卻也顯出樸拙典雅之氣。嘿，這樣你就明白了：我家很窮。

但，有姊姊在，我一點都不怕。我今年十二歲，姊姊大我兩歲，是我唯一的手足。從小，我就活在文學的夢幻裡，除了文學，一無是處；而我們的父親，長久追夢不成，兩年前離家後就沒有再回來過了；我們的母親，在此之前便頗多怨尤，此後更是深受打擊，常常心不在焉，日子也過得渾渾噩噩。雙親似乎忘了他們的「骨肉」，所幸我擁有非常貼心的「手足」，今天才能在此述說我們的故事。

這位葛寧老婆婆，在十一月底一個陰天來到草堂，開門見山問是不是「梧鷗路五號」，接著再問我姊姊要不要打工，說人家介紹她來的。

「誰？桂花阿姨嗎？」有別的賺錢機會，姊姊很開心，畢竟偶爾去桂花阿姨那裡幫忙幾個鐘頭，實在不夠。

寧奶奶頷首，便同我們講工作內容、規則及費用等等，主要是陪伴一個剛搬到此地的老人做些簡單的購物、辦事、散步，兼掃掃地而已，比古代的書僮高級，卻非所謂的「雇用童工」。

「只在星期假日，每次大約四、五個小時，還有吃有喝，而且工作性質一點都不危險。我可不想違反『勞動基準法』或侵害兒童福利啊。」

「沒問題！」我的萬能姊姊捲起衣袖，用力點頭。「現在就可以上工了！」

「這麼急？明天再開始吧，你也必須跟家長說。」寧奶奶笑笑。「叫什麼名字啊？」

姊姊的臉頓時沉了下來。她有兩項特殊技能，一是跑步，二是連續唸出一百個討厭的人事物，曾名列第一的就是唐朝大詩人杜甫。原因說來也沒什麼，就是杜甫讓她從小就得為名字打架。

杜甫，字子美；而我姊姊姓杜，名子美。從小學開始認識唐詩時，你就會

看到她在同學爆笑後，拎著拳頭、瞪視全班的樣子；而有些男生不懂閉嘴，還繼續說她「肚子美」，她會立刻衝上去搥打，不管老師在不在。另外，被她聽見嘲笑我杜子雅是「肚子癢」的人，那天也鐵定以掉眼淚收場。後來大家對我和姊姊的名字的發音都很標準，但都說她個性麻煩、愛找麻煩，於是「麻煩小姐」的名號不脛而走。

然而，知道姊姊姓名及我家別名後，寧奶奶的眼睛竟放出光芒，像燃燒著什麼，的確與眾不同。

「小孩子，看你的表情，很不喜歡這名字吧？太妙了，老人家我啊，可能是全臺灣最愛杜甫的人喔。」

姊姊的臉更沉了，我很清楚她內心在吶喊：「怎會遇上這種人！」姊姊以前會把我的淡綠色《杜甫詩選》藏起來，不讓我讀，足見多麼討厭杜甫。

「好，我們這樣做。你每次一上工，就要背一首杜詩，也是工作內容之一。」

「為什麼？」面對如此要求，姊姊大驚，疑問之後便是抗議：「不要！」

老人微笑，眼神有一種權威感。「你一定認為我這個七十歲老太太很『難

搞』，沒錯，我是。而且我已經決定了，你就要服從，剛剛你才說沒問題的呀。」

姊姊無法反駁，只能開始恨杜甫。她知道自己會服從於這項工作，但跟著寧奶奶往外走時，仍不免憤憤不平。

「只因為名叫杜子美就討厭杜甫，太不值得了。就算人家會笑你『肚子美』、稱你家為『澡堂』，別理他們就是了，小孩嘛。」寧奶奶越過屋後菜圃，隔著小路望向磺溪。「我很認真的跟你說，杜甫，可是一位偉人！」

說也奇怪，我們默默跟在她身後，像聽老師講課。

「杜甫為中華文化開創了多麼光輝的一頁啊！你我努力十幾輩子都做不到。」

她佇足欣賞午後風光。看溪上被硫磺染成黃色的大石頭，白鷺鷥散步在一塊罕見的水田中，還有鳥鳴啁啾，她搖頭歆羨道：「好美的景色。你們很幸運。」

「幸運？」姊姊看看我，終於開口。「哈，我們杜家，好像跟這個詞沒什麼關聯。雖然我也覺得這環境還不錯。」

寧奶奶輕撫臉上皺紋，吸口氣說：「啊，簡直是『兩箇黃鸝鳴翠柳，一行白

鷺上青天』！在大臺北耶，怎不是幸運呢？好，就從這一首開始，明天上班時驗收。」

「什麼？不會吧？」姊姊眼若銅鈴，然後望向我。「以後再讓我妹妹背好嗎？她對文學很行的。」

「我要聽你背。」寧奶奶也看看我。接著，毫不理會杜子美噘嘴皺眉，兀自說起：「杜甫的詩，寫史寫實，有時磅礴，有時沉重，這首七言絕句卻通俗易懂，又雅又美，很受推崇。」

她的視線分別落在姊姊和我身上，再轉向田中覓食的小白鷺，繼續說道：「這麼個大江南北漫遊、心懷家國的男人，過的其實也是一貧如洗的生活。儘管歷經戰亂和捉襟見肘的日子，他定居在成都破舊的草堂時，還是非常高興擁有那樣的景色。『楊柳枝枝弱，枇杷樹樹香』、『自去自來梁上燕，相親相近水中鷗』這些詩啊，都在描寫美麗的草堂風光。而『兩箇黃鸝鳴翠柳，一行白鷺上青天』也是，不僅對仗對得美，黃、翠、白、青四個顏色字，加上黃鸝鳥鳴叫，白鷺鷥飛翔，真是『有聲有色』啊，彷如一幅生動的白描春天風景畫！」

我們都被眼前髮絲泛白的老婆婆吸引了，輕柔的激動，令她紅光滿面。

「所以，要懂得珍惜自己擁有的。」她回頭又盯著子美。

我們都在想，這位老太太是打哪兒來的呀？只見她又說：

「你知道嗎？凡事都有因緣，該碰上的便會碰上，就看你怎麼應對。不是要你認命，而是知命。想想，我這麼推崇杜甫，在有生之年竟能親口喚一個人『杜子美』，而你竟然就叫做『杜子美』！相信我，這一定有因緣，不會毫無意義的……」

【杜子美高聲朗誦】

〈絕句四首〉其三

兩箇黃鸝鳴翠柳，一行白鷺上青天。
窗含西嶺千秋雪，門泊東吳萬里船。

【寧奶奶智慧語譯】

兩隻黃鸝鳥，在碧柳間歌唱；一行白鷺鷥，於青空中飛翔。推窗遠望，我的窗戶嵌進了西山千年不化的積雪；而大門外河邊停泊的，可是從萬里遠方東吳駛過來的船。

【杜拾遺獨家傳祕】

全詩兩聯，「對偶」精美工整，景物有動有靜、有近有遠，色彩鮮明而生動。在描寫自然風光，尤其又有鳥類飛翔時，可以運用此詩的「摹寫」技巧。而視野的寬闊，和顏色、動作等細節，也是學習的重點。

君不見管鮑貧時交，此道今人棄如土

太有趣了！

杜子美背誦著一千三百年前

另一位杜子美所寫的詩耶！

對於我叫杜子雅，我沒什麼意見，但杜子美卻認為我們姊妹的命名是無聊的父親在無聊之下做出的無聊行為。她抱怨過，爸爸卻總是對我們笑一笑，接著不是繼續畫圖，就是出門找靈感。這……會有意義嗎？寧奶奶卻說，一定有因緣。

我們的父母常因金錢問題吵架。我出生的那一年，爸爸投資自己設計的大樓，賠掉所有積蓄，之後便舉債度日。媽媽一直要爸爸轉行，因為靠他畫設計圖養不起全家。兩年前，他們又大吵一架，爸爸出門前怒吼：「那我走好了！省

得礙你的眼！」之後，他居然就再也沒回家了，留下生活與負債的重擔給三個弱女子扛。

「我想不出這樣的父親所取的名字，會有什麼意義。」早晨，姊姊對還賴在床上的我說。

不久，寧奶奶在門外喊著，我們隨即出了臥房，為「不想」按電鈴的她開門。她坐進客廳樣式簡單的木板椅中，微笑著。姊姊倒來了開水，她喝了一口後，說：「昨天讓你自己查出整首詩來背，做了吧？先驗收。」

杜子美於是開始背誦近一千三百年前另一位杜子美所寫的詩，實在太有趣了！姊姊已經讀國中二年級了，當然學過杜甫，但我從沒見她這麼平靜的，帶著點興味的吟誦，跟昨晚背給我聽時的無奈又不一樣。

「嗯，很好。」寧奶奶也覺得滿意，不住點頭。「很好，以後就照這模式。今天的工作是陪我去醫院探病，現在還太早，我們半個鐘頭後出發。」

「子美！我帶湯圓和酸菜麵來了，還沒吃吧？」一個聲音連同人一起進門，是姊姊的好友。突然見到寧奶奶，她微微一怔。「咦？」

我家很少有客人，難怪她感到驚訝。姊姊接過她手上提的食物，為兩人介紹。「這位是寧奶奶，我今天開始陪她辦事、買東西。寧奶奶，她叫黃儷曉，是我最要好的同學兼恩人，常帶補給品支援我們苦情姊妹檔和單親媽。」

「別講成這樣，我幫的也有限，偶爾而已。」儷曉苦笑著。

「才不！」姊姊拿來大碗裝麵。「奶奶，也不瞞你，我爸離開後，有次我帶妹妹去桂花阿姨，也就是儷曉媽媽的攤子要買一碗陽春麵，她家還賣湯圓。結果，阿姨卻幫我們包了三碗，又挾了很多本來一份要加五元的美味酸菜，更切了豆干、海帶，這麼多，只收一碗陽春麵的錢。」

「真的呀？」

姊姊點頭，瞥瞥我，然後又說：「後來，阿姨還是這樣，害我們不敢常去。而這一年來，我家更窮了，吃不起外食，桂花阿姨乾脆叫儷曉帶過來，有時甚至帶炸雞、蒸魚、烤鴨耶！你說，這不是恩人是什麼？」

「真是好孩子。」寧奶奶稱讚儷曉，儷曉紅起臉，有些不知所措。

「所以她是我『愛榜』裡的第二名，子雅當然是第一嘍！」姊姊舀了一碗湯圓，

請寧奶奶吃。

「謝謝，我剛吃過早餐，不用了。」她推拒。「那麼，你一定也有『恨榜』嘍？」

姊姊低下頭，輕咬著麵條，過一會兒，才回答：「嗯。本來首位就是杜甫，但去年上國中後那個冬天，哈博樂竄升為第一名，他的媽媽哈貴婦緊接於後，而年年獨占鰲頭的大詩人杜甫，已經排在五名之外了……呃，我拿湯圓進去給我媽。」

姊姊突地轉身而去。我知道她快流淚了，也知道她沒說的「恨榜」裡的第三名就是我們的爸爸，再來是媽媽、媽媽的老闆。儷曉也懂，畢竟她是姊姊的死黨，她想跟進去關心，卻又不好丟下老人家。

儷曉只能欲言又止：「呃嗯，子美的家……」

「我曉得。」奶奶接了話。「很破碎。但，多虧有你。」

儷曉搖搖頭，抿著嘴，摸摸我的頭。

姊姊很快再度出現，這時，寧奶奶吟起詩：「『翻手作雲覆手雨，紛紛輕薄何須數。君不見管鮑貧時交，此道今人棄如土。』聽過嗎？杜甫的〈貧交行〉。」

姊姊沒有回應，只拿起桌上的筆，準備記錄，儷曉看了覺得奇怪。

「雖然杜甫心繫家國，但他的政治路十分坎坷。中年後也仍過著流離、貧困的生活。他晚婚，而為了一家生計，都三十六歲了還到長安考科舉，當時許多文人也一起應試，卻被奸相李林甫用策故意不取，全都落榜了。

「杜甫落第後，生活愈來愈艱困，也必須向現實低頭。除了賣藥賺錢、受朋友資助，還到處向達官貴人獻詩、獻賦，希望獲得提拔，謀個一官半職。但這些求援都沒有效果。家道中落，他困居長安十年，始終只能騎著一頭瘦驢奔波，深刻體驗世態炎涼，便以『翻手作雲覆手雨』來形容人情的反覆，就像手掌翻轉一樣迅速、無常。大嘆當年鮑叔牙熱心幫助貧窮的管仲、無私的推薦他給君王的那種深厚友誼，今人已棄之如糞土了！這首詩，便是杜甫藉由古今人情對照，來感嘆現實的冷酷。」

姊姊手中的筆動也沒動，她聽得入神了。

「你可以說他太過悲憤，卻不得不承認，他道出了『世上知交少』這層深義。」

寧奶奶繼續說，「像儷曉對你的友誼，不是錦上添花，而是雪中送炭，這才是真

正的知交。」

姊姊深有同感。「對。我以後有能力，一定會報答她的。」

「對，謝謝儷曉。」突然，媽媽在儷曉開口前，趕上這一句話。

我們很久沒聽媽媽主動說話了，都有點吃驚。她還謝過寧奶奶提供的打工機會，並要子美下午五點前還是得回到家，外公下午會來，他沒辦法待得更久。姊姊要帶我同行，媽媽的眼神流露出一些擔心，但沒有說什麼。

「喲！去哪兒啊？」我們開門欲出發時，剛好隔鄰哈貴婦經過，又使著她的利嘴：「該不會是去玩吧？過幾天就沒地方住了，要省省唷！」

哈貴婦所有沒有主詞的句子，講的一定是杜子美。我媽一見這位婦人，永遠只能揉著太陽穴不說話。這時，姊姊把媽推了進去，闔上大門，跟儷曉道別。然後看也不看哈貴婦，只對寧奶奶輕聲細語：「奶奶，我們走，先搭公車再轉捷運喔。」

她微笑著，領著老人家邁開步子，以ㄇ字形走法先越過小馬路，直走十公尺，再過街回到原來這邊的紅磚道，然後繼續前行。「不屑經過哈豪宅」，這是杜子美特別步行法，雖然我常覺得這樣很麻煩，但現在看見被刻意忽視的哈貴婦臉上青筋暴露的表情，還頗感快意呢！

「麻煩精！活該被你老子拋棄！」哈貴婦拉開喉嚨罵。「我警告你，敢再動我兒子試試看！小太妹！沒家教！」

姊姊握緊拳頭，但沒有和她對吵。途中，姊姊告訴寧奶奶，哈家和我們有土地糾紛，我們說不定很快就連草堂都沒得住了。

抵達醫院，老人卻要我倆留在醫院前，她獨自上樓去看友人。後來，我們還陪她去逛松山的五分埔，買了襯衣、圍巾、棉襖和外套等。那裡的服飾、配件，琳瑯滿目，我和姊姊看得目不暇給，大開了眼界。

回家後是下午四點，外公抱怨為什麼週日他還得來。在遞給子美一千元後，他便唸唸有詞的離開了。我看見姊姊的眼眶發紅，但她下一步就是吸吸鼻子、摸摸我的臉，做飯去了。

晚上十一點，媽媽下班，在客廳裡看著一張紙，情緒低落。正在做數學幾何題的姊姊，低聲對我說：「小鴨子，那是法院寄來的。我看，草堂就要被拆了。」

【杜子美高聲朗誦】

〈貧交行〉

翻手作雲覆手雨，紛紛輕薄何須數。

君不見管鮑貧時交，此道今人棄如土。

【寧奶奶智慧語譯】

很多人交朋友，手掌一翻轉，便能聚雨降雲，十分的反覆無常。這是多麼的令人輕蔑、不屑一顧啊！何必去細數？可是你沒看見嗎？像春秋時代管仲和鮑叔牙那樣傳頌千古、貧賤不離的君子之交，卻被今人棄如糞土啊！

【杜拾遺獨家傳祕】

感嘆世態炎涼、人情如紙薄，或人情的反覆無常時，可以引用。而詩中說管仲和鮑叔牙那樣貧賤不離的可貴友誼，今人卻棄之如糞土，也運用了修辭法的「引用」和「譬喻」。

冠蓋滿京華，斯人獨憔悴

我們家很窮，她堅持要窮得有型，
要當個「貧窮型女」。

「嘻嘻……呵呵呵……」我感覺彷彿已笑掉大牙了。

這一年來，每天晚上，姊姊都會戴上不同的帽子，表情爆笑的為我講解功課和說故事，那是她自創的「演戲學習法」。在幾頂棒球帽上做造型變化，有時是皇帝、國王，有時是海盜、乞丐，而扮起公主也是溫柔美麗。她還會貼上鬍子、揮舞著木棍當劍，動作誇張的吟唱「風蕭蕭兮易水寒，壯士一去兮不復還！」而最常上演的，則是耳朵上塞支筆，故意瞇瞇眼，學我們數學老師，教我極不擅長的數學題。但最絕的是近日的變化，她總是掛只眼鏡在胸前、拄著木棍，特

意駝一點背，壓低聲音說：「我說啊，我的原則很簡單……就是『兩箇黃鸝鳴翠柳，一行白鷺上青天』……」

分明是寧奶奶的化身！我看得好激動，快笑壞了！

「小雅，姊姊這一面，只有你看得到。一切都是為了你……」

她的眼眶又泛紅，唉，講到我，每次總是這般收場。我明白，外人知曉的杜子美是獨立、自愛、堅強的。人雖麻煩，但還有禮貌；雖然親切，但從不搞笑。

我們家很窮，她卻堅持要窮得有型。

牛仔褲膝蓋部分破到不能再補了，她會割開另一邊的，說是流行時尚；沒有多餘的錢上美髮院修剪，所以她留著一頭長髮，跟大家說那是蓄積多年的寶貝；老師問每個人的嗜好，她拋開長笛、鋼琴、小提琴等高貴選項，秀出最不需要花本錢的「長跑」；而放學後，同學找她一起買雞排吃，她會事先將嘴邊抹得油油的，說剛吃完媽媽準備的點心，現在好飽。

她努力讓功課名列前茅，因為不願多花一毛錢給補習班；在同學面前，也能理直氣壯，沒必要補習。而大學生學分被當後再花錢重修的行為，在她眼裡根本是不可饒恕的浪費。

校慶遊行時，當時國小六年級的她，只花五十元材料費，就做了兩套「受傷的蜈蚣仙子服」，蜈蚣因為受傷，便可以有瑕疵。那時很多人都是租公主禮服或買天使裝。雖然「受傷的蜈蚣」這點子實在怪異又可怕，但那天，我們姊妹得到了「最佳造型獎」，有五百元獎學金。

「困境是最能夠磨練才華的。」她強調。「要當『貧窮型女』，懂嗎？」

我懂。換作一般話，就是要窮得「有志氣」；而在她口中，就是要窮得「很有型」。那多了幾分美感，是的，我懂。

姊姊再對我背了一次〈貧交行〉後，便帶著我趕往天母東路寧奶奶的住所。我們才到巷口，就望見老人家等在門前了。她家門邊掛著一塊寫有「寧居」的木牌。

「還差三分鐘，我沒有遲到。」姊姊笑，帶著點可愛的慧黠。

「是沒有。」寧奶奶戴著老花眼鏡，交給我姊一張紙和金融卡。「去對面便利商店裡的ＡＴＭ（自動提款機）幫我轉三萬元到這個帳戶。」

姊接過後，我們一起過馬路，寧奶奶還解釋，她不是看不清楚，是一直不喜歡那種機器。還說每週六都要轉帳，請姊姊幫她記住這件事。

「你不會被詐騙了吧？」最恨詐騙集團的姊姊關心問道。

「沒有，是我認識的人。」寧奶奶揮揮手，要杜子美快點動作。

「可是很多老人家被騙了都不願承認，還會怪幫助她避免上當的人……」

「吼，你怎這麼麻煩！就跟你說我沒有被騙啦！」

「好啦，我按。」見七十歲老人講「吼」——這種年輕人的用語，姊姊覺得她的資訊應該都有在更新，但仍不免嘀咕：「吼，一定要跨行轉帳嗎？這樣會被扣手續費耶，浪費……」

前往醫院的捷運上，寧奶奶指著車廂內某一飲料廣告，嫌它用詞不優、錯字一堆，連「美得過火」都誤寫成「美的過火」；而那飲料一喝，還能「讓你立刻很快恢復精神！」

「我的天啊，『很快』不就是『立刻』嗎？贅詞！還有，電視中有一個賣高鈣奶粉的廣告，那位功夫女明星說：『我喜歡親自上陣自己的武打動作』，拜託！

什麼文法！他們全公司沒有人感覺到不對嗎？子美，你說該怎麼改？」

「嗯……『自己的武打動作，我喜歡親自上陣』？」

老人滿意的微笑點頭。接著，姊姊問寧奶奶，可不可以多認識她一點？這可罕見，因為杜子美對人類不好奇，甚至很「酷」，從來不會多問別人的事。

「我？」幾日相處，我感覺寧奶奶也不是喜歡問人家私事的，但她卻笑開懷，好似終於等到有人對她輝煌的過往有興趣了。「我可是很厲害的人喔。」

姊姊張大眼，對於能「自我感覺良好」，且證明並非誇大的人，她是有興趣的。

「杜甫很厲害對吧？」等杜子美頷首，老人家才繼續說：「但他非常仰慕李白，我呢，就像杜甫眼中的李白。」

會不會太……「亂蓋」了？我們都這麼想著。寧奶奶卻「俯仰無愧」的，提起自己有天才詩人李白的才華，在業界的地位何其崇高！她可以呼風喚雨，心情不好時，連大老闆也請不動。

「西元七四四年，你要記住這一年！兩位偉大詩人李白與杜甫在洛陽見面

了，這是歷史性的光輝的一刻！另一位大詩人高適也曾同行，他們一起東遊。杜甫和高適、岑參都相當交好。啊，那是盛唐啊，多麼豐富燦爛的年代！

「而簡單講，李白浪漫，詩風清新俊逸；杜甫寫實，風格沉鬱頓挫。但他們惺惺相惜，是真正的朋友。杜甫寫過〈贈李白〉、〈憶李白〉、〈懷李白〉、〈夢李白〉、〈寄李白〉等林林總總許多關於李白的詩，說『李白斗酒詩百篇』、『白也詩無敵，飄然思不群』、『筆落驚風雨，詩成泣鬼神』。還提到他們『醉眠秋共被，攜手日同行』，非常珍惜這段親如兄弟的深厚友誼。

「不過，天才李白得罪了一票人，包括唐玄宗！後來玄宗受不了他了，便賜一筆『資遣費』打發他走，他也因此才會去洛陽和杜甫來個史上最光輝的第一次大會面。李白晚運仍不順，甚至被朝廷賜死，還好改為放逐，能活命就不錯了。杜甫才會說他『敏捷詩千首，飄零酒一杯』。那時，杜甫心繫被肅宗流放到夜郎的老大哥的安危，一連三夜夢見他，懷疑他死了，便作〈夢李白二首〉，其中一首寫道：『冠蓋滿京華，斯人獨憔悴』。說京城裡滿滿的達官顯貴啊，只有你無法顯達，模樣看起來是那麼憔悴！很為李白的坎坷叫屈。」

「哇，連李白都這麼可憐。他的名氣很大，很難想像耶。」姊姊道。

「是啊，雖然流放途中遇到大赦，李白被放還了，但真真是『千秋萬歲名，寂寞身後事』啊！」寧奶奶嘆息，緊接著又笑：「咦？不是在講我有李白的才華嗎？呵呵，那好，今天就背〈夢李白二首〉其二吧，整首找出來背。」

姊姊竟然立即點頭，乖得離奇。

「我雖然像杜甫眼中的李白，但最愛的還是杜甫。而我們詩聖可還有一位非常推崇的人喔，就是諸葛亮。嘿嘿，諸葛亮也是我的偶像！」

看一位老人顯露「粉絲」才會有的光采，真的十分特別。如果這些人還在世，寧奶奶再老，應該也會是個超級「追星族」吧！我和姊姊都笑了。

到了醫院，寧奶奶照例沒帶我們上去看她的朋友，還叮囑，她一下來就要看見我們。

「這個老婆婆又麻煩又臭屁，是不是呀？小鴨子。」院前的小公園裡，姊逗逗我的鼻子說。「還好人不錯，而且怪得很有趣。不過，她是不是有點寂寞呢？」

姊姊抬頭望看十多層的醫院大樓。接著，又對我說：「要再找一份兼差了。」

我們屋頂漏水，一直沒錢找人修；而且，實在不想再吃馬鈴薯了。」

我家屋旁是爸爸以前弄的花園兼菜圃，後來姊全耕種了根莖類植物，最多的是紅蘿蔔、馬鈴薯，那是我們家兩年來主要的食物。

「何況……」她指著我的臉說：「小鴨子喜歡雲，姊想買那天在五分埔看到的藍白雲髮夾送你耶。」

我聽了，直想掉淚。

【杜子美高聲朗誦】

〈夢李白二首〉其二

浮雲終日行，遊子久不至。三夜頻夢君，情親見君意。
告歸常局促，苦道來不易。江湖多風波，舟楫恐失墜。
出門搔白首，若負平生志。冠蓋滿京華，斯人獨憔悴。
孰云網恢恢？將老身反累！千秋萬歲名，寂寞身後事。

【寧奶奶智慧語譯】

天上的浮雲整日飄蕩著，遠方的遊子卻久久不歸。一連三個夜晚，我頻頻夢見你，可見你的情真意切。夢中，你每次都匆匆告辭，還苦笑的說能夠相會很不容易。江湖有許多風波，我真擔心你的舟船哪天翻覆。你出門時，總是搔著白髮，好似說著自己辜負了一生雄心壯志。看那京城裡滿滿的達官顯要啊，只有你沒有顯達，總是模樣憔悴。是誰說天理廣大、公道無邊的？為何你年事已高了，還要被牽連受罪？雖然你的盛名一定可以流傳千秋萬世，但到時你早已死去，只餘寂寞的魂魄，又有什麼用呢？

【杜拾遺獨家傳祕】

「冠蓋滿京華，斯人獨憔悴」使用了修辭法的「映襯」，「滿」對照「獨」，即「那麼多」對照「一個」；也用了「借代法」，以「冠蓋」來代替「達官貴人」。當一個人有才華，但際遇不佳，而且所有人都飛黃騰達，只有他孤苦憔悴，便可引用此詩句來形容、突顯他的境況。

花徑不曾緣客掃，蓬門今始為君開

花時間對那種人動氣，死了好多細胞。細胞很珍貴，而時間就是金錢耶！

「吃虧了，杜老爺這首〈夢李白〉有八十個字耶！之前的最多也才二十九字。」在數字上，杜子美是很精明的，這是她排在跑步之後的強項。「我敢說杜甫的數學一定沒有我好，他們那時也不必考物理、化學、地球科學什麼的。」本想在睡前解決一首詩的姊姊嘟囔著。「不過跟一千多年前的古人比這些，沒肚量。」

我聽了直笑。接著，她俯首於我的《杜甫詩選》，說：「好吧，人家說『吃虧就是占便宜』，杜子美現在就來好好占杜子美的『便宜』吧！」

她為我拉了毛毯蓋好，便邊背誦，邊再說一次典故，我就當聽床邊故事般睡著了。隔天早上，發現她早已起床，而且出門跑一圈回來了。

「早安。睡得好嗎？小鴨子。」她對著手心吹氣，然後拉開窗簾。「冬天跑步的好處就是能為身體提供天然熱能，一點都不必花錢。唉，媽媽又在揉太陽穴了，沒動靜。好吧，我只有認命去做早餐了。」

我賴在床上，動都沒動，想著這就是我的姊姊。一般女孩在十四歲時，只需要煩惱青春痘，或猶豫該不該再大把吃巧克力的問題，而我的姊姊被迫必須很有精力，被迫必須提早長大。

這樣的姊姊，在用過早餐，去寧奶奶家之前，還能清掃一下家裡，甚至找時間做功課！著實是認真的過每一分鐘呀，我十分佩服！接著，她的視線停留在牆上一張我畫的圖。

兩位蓄鬍老先生，坐在桌旁吃著簡單的酒菜，開心的聊天，其中一位還邊說話邊揮手；隔著籬笆，也有個老翁笑著揚手應和；而花園裡草長葉落，顯得十分雜亂，還有一把掃帚擱在地上；角落溪邊則出現一群鳥，或飛或棲，或在

水中覓食，非常近人的樣子。這圖具有恬淡安和的感覺，是我一年半前畫的。

「子雅畫得真好。唉，姊如果有錢，一定好好栽培你。」她像從前那般，又說了一次。

她總是先想到我，我卻只能為自己的無能為力感到慚愧。

要出發時，外公來電，叮嚀早點回來。而我們才一開門，便見兩封信飛到右側的一叢薄荷葉上。循跡望去，哈貴婦趾高氣昂的模樣便映入眼簾，她的二兒子哈博強站在一邊。

「你們的信老是寄到我家來，很煩！」她使力講話，身上的高級大衣抖動著。「不過很快就不會有這種問題了。法院要判決了，你們一定會敗訴。到時我會要你們立刻搬家！」

姊姊閃了她一眼，彎身拾起信件。不是「瞥」，是「閃」喔，帶著睥睨顏色。

哈貴婦生平最氣的就是人家不跟她吵，她果然變本加厲：「反正這塊地是道路預定地，不能蓋大樓，我就把你們的破草堂拆了，當高級收費停車場！哈！我說，你不是很會跑嗎？怎麼不學你老爸那樣一跑了之呢？」

姊姊聞言忍無可忍，即刻撩起袖子，逼近哈貴婦，讓她嚇得倒退。「幹麼？」

杜子美不由分說的拿起靠在貴婦身後牆邊的掃把，使得她又叫：「幹麼？想打人啊？」

想不到姊姊掃帚一揮，竟對著她掃起地來，還把她往她家的方向掃，「一個大人了，嘴巴這麼壞！走開！別站在我家！玷汙了這塊地，我們要倒八輩子楣！」

哈貴婦和兒子節節敗退，被逼回自家前的人行道。受了此番侮辱，她氣急敗壞，大罵：「你這個野蠻惡女！」

「你這個壞嘴惡婦！」杜子美欺近，不甘示弱。「以後也一定是個惡婆婆！我說哈博強，你將來很難娶太太的！」

十一歲的哈博強怔在原地，看看杜子美，再盯著自己的母親。

「可惜，」身高已經一米六的姊姊，瞅著哈貴婦的眼睛，低聲又道：「可惜我很窮，不然就花錢叫人把你站過的地方都鏟掉……」

說完，她放下掃帚，態度從容的帶著我，照例以ㄇ字形特別步行法過到對

街，往天母東路而去。

哈貴婦沒有再飆話，我們想，她一定是驚到臉色鐵青、無法動彈了吧。畢竟這是有生以來，杜子美第一次跟她說了這麼多的話。

「我後悔了，花時間對那種人動氣，死了好多細胞。」我正覺得痛快時，姊竟如此表示。「這生意太不划算，以後絕不跟她吵架了。怎麼形容呢？浪擲青春，對，真浪費啊！細胞很珍貴，而時間就是金錢耶！小鴨子別學喔！嘿，我們快跑吧！」

我咯咯笑起來，任姊姊帶著跑，我真的好喜歡姊姊。

抵達「寧居」，剛好十一點整，老太太已打開鐵門，我們隔著紗門見她正坐著看電視。那是現在較少見的三層樓房，寧奶奶住一樓，門前有五小級的石砌臺階，上面布滿青苔，還躺著延伸到階前的許多落葉，連雜草都從階縫裡長了出來。

「寧奶奶！」姊姊環顧前院，卻往屋裡喊：「要不要先整理外面啊？」

老太太聞聲慢慢走了出來。姊姊已順手拔了最長的草，還叫我看著就好，

不用幫忙，便跑到牆邊小水槽下，取來了破損嚴重的掃帚和畚箕。

「呵呵呵，這就叫『花徑不曾緣客掃，蓬門今始為君開』呀！」

正彎腰想打理滿地黃葉的姊姊，突地一愣。「哦，又是他的詩？」

「是啊！」寧奶奶不禁微笑。「杜甫在成都浣花溪草堂時，除了幾個知己老友，很少跟人交往，也就少有客人來訪。陪伴他的，只有好山好水，還有一群鷗鳥，當然那也暗指他的隱士知己。這樣的情況下，哪用得著掃地呀！

「但有一天，老朋友來了，他感到喜出望外，特地將長滿雜草的花園小路打掃乾淨，並打開貧陋的草門，以示歡迎，就是『花徑不曾緣客掃，蓬門今始為君開』。而客人臨門，總要招待，窮哈哈的杜子美先生只能拿出一碟小菜和沒有過濾的去年釀的粗酒，盛情的與客人歡聚。只是這樣，我們仍可以看出他的熱情，真心想盡地主之誼，甚至還十分率真的問客人：想不想跟隔籬的老先生一起盡興聊天呢？如果願意的話，我就喚他過來，大夥兒一起把剩下的酒都乾了吧！」

姊姊驚訝望向我，那不正是我畫的圖中景象嗎？是啊，我畫的就是杜甫〈客至〉圖，那是我最喜歡的一首詩。

「厲害吧?」寧奶奶說。「這是他很受讚賞的一首七律，流露出恬淡的生活氣息，還話家常般，把人在窮困中仍然可與知交歡敘暢飲的情形，寫得很有人情味，很有畫面感!」

是很有畫面感，所以我才會畫下來。

「你外頭弄得差不多，再進來背〈夢李白〉。今天的功課就是〈客至〉好了。」

「好。」姊姊掃起落葉、雜草，然後說：「杜甫家跟我家很像，平常也都沒人來。」

寧奶奶笑了笑。我正感覺今天姊姊好像一直在掃地時，她突地停住動作，望向對街，原來是她的同學哈博樂站在那裡。

杜子美二話不說，直接瞪他，還使勁的向著他掃地。他則板著一張臉，雖讓人讀不出心情，但我是明白的。

「別惹麻煩。」寧奶奶喚。「進門掃一掃，還得陪我去買生活用品、再提回家來耶。」

【杜子美高聲朗誦】

〈客至〉喜崔明府相過

舍南舍北皆春水，但見群鷗日日來。
花徑不曾緣客掃，蓬門今始為君開。
盤飧市遠無兼味，樽酒家貧只舊醅。
肯與鄰翁相對飲，隔籬呼取盡餘杯。

【寧奶奶智慧語譯】

我家前後都圍繞著春天明媚的溪水，還可以看到成群的鷗鳥每天飛來飛去。門前長滿了花草的小徑，從沒有因為客人而打掃過；只有今天，為了你的光臨，我把簡陋的草門都打開了歡迎你。我家離市場太遠，沒有大魚大肉，只有一種小菜招待你；也由於家裡窮，所以只能拿出去年釀的粗酒來款待。對了，你願不願和鄰居老翁對酒盡歡呢？可以的話，等會兒我就隔著籬笆叫他過來，大家一起乾幾杯，喝光這些酒吧！

【杜拾遺獨家傳祕】

本詩頷聯使用了修辭法的「對偶」，「花徑」對「蓬門」、「不曾」對「今始」、「緣」對「為」、「客」對「君」、「掃」對「開」，對仗得十分完美。而「蓬門」也是「借代法」，代替「貧窮人家」。熱情待客不是富人的專利，只要自然真實、誠心誠意，不需美酒佳餚，也能讓朋友感受到你由衷的歡迎！

第二章

別哭，子美！

何時倚虛幌，雙照淚痕乾

這蛋糕正經歷「質量不滅定律」，

由一種「形式」，轉化為另一種「形式」！

服膺證嚴法師「若願勤儉不會貧」信念的杜子美，接獲了寧奶奶要她先到石牌榮總附近一個店家買栗子蛋糕，再去書店買包信封袋，然後一起帶到「寧居」的指令，當下便決定要跑步前往，不花費這只距三站的公車錢。

「雖然這個老人很麻煩，但這樣我今天就可以不必特地出門跑步了，一舉兩得耶！」她笑著看看我，又看看錶，計算著：「嗯，只要維持時速五、六公里，去回應該來得及。好，小鴨子，走嘍！」

姊姊常慫恿我一起練跑，說跑步可以增進心肺功能，又可以促進循環、鍛

鍊肌肉、塑身美容等，我還是敬謝不敏。而且，明眼人都知道，她這麼不嫌累、不嫌麻煩，完全是為了省錢。她把「若願勤儉不會貧」七字用大楷寫下來，貼在房間裡一年半了，相信又勤又儉，一定可以累積財富，脫離貧窮。儘管我們一直以來還是很窮，因為媽媽賺的錢大部分是要按月繳還銀行的。

我左搖右晃、上氣不接下氣的跟著姊姊跑，目睹她小心翼翼提著用寧奶奶的零用金買的八吋蛋糕跑著的「矬」模樣，實在很想笑。

再度「準時」來到「寧居」。寧奶奶見氣喘吁吁、馬尾已散下大部分的杜子美，驚訝道：「哇，八世紀時的杜甫，為前途、為家庭、為戰爭而奔波，應該也沒有你現在這麼狼狽吧！」

「狼狽沒關係……我只怕蛋糕變漿糊，你要……扣我薪水。」姊姊拍拍胸口，苦笑。「我沒買過這麼大的蛋糕，沒想過提著它跑會產生的變數，真是失算啊。」

老人家苦笑著，摸摸我的頭，接過信封袋，再拆掉蛋糕上的彩繩，慢慢打開蓋子。我們就像看魔術似的緊盯著，但裡頭當然不會蹦出兔子或鴿子，只是一大塊已甩向另一邊的變形栗子口味蛋糕。

「天哪，對不起……」姊姊望著自己的傑作，偷偷瞥我，支支吾吾道：「那……我賠一點錢好了……」

「喔喔，是很慘。」寧奶奶嘆得氣定神閒。她想了想，才問子美：「聽過『質量守恆定律』或『質量不滅定律』嗎？」

「嗯，學過。就是物質經過任何物理、化學反應，反應前後的總質量是不會變的，不增加也不減少，只是由一種形式轉化成另一種形式。」

「對，這個蛋糕正經歷『質量不滅定律』。說穿了，不就是一堆的麵粉、蛋呀、糖的，加上栗子泥的排列組合嘛，它的總質量並沒有改變，還叫做蛋糕，只是由一種『形式』，轉化為另一種『形式』。」寧奶奶瞅著子美，在「形式」二字上加重了語氣。「所以，只要過生日的人沒意見，我就沒意見。」

我們都愣住了。一會兒，也一起恍然大悟。

「是指……後天，我的生日嗎？」姊姊不確定的問。

寧奶奶頷首，微笑。「我知道你後天生日，今天趁假日幫你過。那一家的栗子口味蛋糕很好吃。你敢吃栗子吧？雖然蛋糕已經被你晃得不成形了……」

寧奶奶還沒說完，我姊已經抱住她了。除了我之外，這是姊姊第一次擁抱人類。我很明白她太感動了，爸爸走後，我們就不過生日了，但姊姊總會在我生日時買個小文具送我。

一起吃過蛋糕，寧奶奶要子美把剩下的先冰起來，等會兒帶回家。「我沒辦法再看那坨麵粉糰一眼，那是屬於過生日的人的，所以你要帶走。」

我們都知道她只是想讓我們帶回家慢慢吃，還有四分之三個呢！

「謝謝。」姊姊由衷的說。

早上寧奶奶便要我姊順便帶功課來，她可以指導。現在，她竟說今天的工作就是買蛋糕、吃蛋糕、做功課和溫書，快段考了，她不允許她的「高級書僮」因為打工而影響成績。

「這……不太好吧？」姊姊很震驚，面有難色。「用打工時間來讀書、寫作業？好像沒有『職業道德』耶。要不，就別算工資。」

「這是命令。」

「但……你還要指導我，我應該給你家教費。」

「吼，你怎麼這麼麻煩！『阿莎力』一點，功課快拿出來！」

姊姊不得已，開始把背包裡的東西一一取出。她拿了化學課本，問：「奶奶會化學反應式的問題嗎？」

「化學？我不會，但介紹你看小說《餡餅的祕密》，那十一歲小女孩的化學厲害得不得了。」

我們愣住。姊姊再攤開一本數學習作，又問：「那你會利用因式分解和平方根來解一元二次方程式嗎？」

「不會，但建議你讀《數學天方夜譚——撒米爾的奇幻之旅》，看充滿智慧的撒米爾怎麼用數字來說真理、用文字來算數學。」

真是奇葩！我們不禁爆笑出聲。這個人說要幫忙功課，可是什麼都不會！不過，卻又讓你覺得她很有誠心，而她的誠心很是寶貝。

「我喜歡你的誠實，很多大人不會還裝會，或是『蓋』他們以前都會。」

老人雙手一攤，對著姊姊笑，最後指點了英文和國文，說真的，這兩門學問她還真拿手！兩小時後，姊姊完成了功課，在收拾時順口問：「奶奶，你的家

人沒和你一起住嗎？我什麼時候陪你去看家人？」

老人突然驚住，沉默許久，才流下眼淚。我和姊姊面面相覷，不敢說話。半晌，她才止住，嘆道：

「『今夜鄜州月，閨中只獨看。……何時倚虛幌，雙照淚痕乾』！唉！你學過杜甫的〈月夜〉嗎？杜甫見證了唐朝的由盛轉衰，那時局勢極為動盪不安，玄宗後期發生的安史之亂，更讓唐朝元氣大傷。安祿山攻陷長安，玄宗逃到四川去，整個朝廷、社會大亂，杜甫也將全家遷移到鄜州避難。後來，肅宗在靈武即位，杜甫聽到消息，便留下妻小，辛苦跋涉的投奔肅宗，卻在途中，很倒楣的被叛軍擄到了長安城。

「這首五言律詩，就是他受困長安城時思念家小的深情之作，尤其是對妻子。全詩運用了『示現法』，想像自己看見了妻子的孤單；且寫法曲折，用妻子對著月亮想念他、期待團聚，來表達出他懷念妻子的深切。情感十分真摯啊。」

「這杜老爺也很會惹麻煩耶！但竟有這麼羅曼蒂克的時候。」姊姊說。

「是啊！他一直是『愁苦』的代表哩。唉，現在，我就很思念我的孩子和丈

夫，尤其是女兒小薔薇，她最貼心了。不知道什麼時候，才能好好的和他們一起賞月、擁抱，甚至話家常！」

「我馬上陪你去啊！」姊姊表示出熱切的渴望。「不是打工，就是陪你去！」

寧奶奶摸摸她的頭。「好孩子，謝謝你。但事情不是你想的那麼單純、容易。很多人世間的感情，充滿無奈，好好的一家子，是可以說垮就垮、瞬間熄滅的。」

我看見姊姊突地眼眶盈淚，緊接著，她抱著我，哭道：「沒錯！瞬間熄滅！我爸爸兩年前遺棄我們，甚至說都沒說一聲！我恨他拋棄我們！但他是無奈嗎？可以因為無奈就不負責任嗎？」

奶奶將淚流滿面的我倆擁進懷裡。「我不知道他是不是無奈，還是自私，但你要面對困境，提早獨立。子美，你一直做得很好，比誰都好……」

寧奶奶不停的安慰、鼓勵，我們都感受到她和媽媽、外公明顯的不同。

【杜子美高聲朗誦】

〈月夜〉

今夜鄜州月，閨中只獨看。遙憐小兒女，未解憶長安。

香霧雲鬟溼，清輝玉臂寒。何時倚虛幌，雙照淚痕乾。

【寧奶奶智慧語譯】

今晚鄜州的月亮，想必只有閨中的妻子獨自欣賞吧。我心疼在遠方的子女，但年幼的他們，還不懂得想念流落在長安的父親。我彷彿看見妻子剛沐浴梳洗完，美麗的鬟髮如雲霧一般，還散發著溼漉的香氣；手臂被月光籠罩，顯得白皙而冰冷。不知何時才能再度團圓相聚？那時，我們一定要再次倚窗賞月，一起讓月光照乾我倆分離這段時間的眼淚。

【杜拾遺獨家傳祕】

全詩運用側筆，是「示現」修辭法的典範，而且是「懸想的示現」，意即把「想像」的事情描述得好似就在眼前。

此曲只應天上有，人間能得幾回聞

沒有人一輩子都得倚靠施捨，
任何人都可以幫助別人，
就看他做不做。

家家還真有本難念的經啊！

寧奶奶算是獨居老人，她過去那般顯赫，更自比杜甫眼中的李白，為何現今卻一人生活，還得雇用假日小書僮幫忙居家打理呢？她又為什麼要在這個年紀獨自搬來臺北市郊？

「寧奶奶，你到底是誰？」杜子美關心的問，怕欠人情。「你對我這麼好，不會是爸爸那邊的什麼親戚替他贖罪來的吧？」

關上「寧居」的白鐵門，我們往公車站走，要去天母公園旁的育幼院。

「你認為人與人之間的對待，一定都有目的嗎？」

提著一大袋糖果和文具的姊姊，想想後，搖頭。「不是。像現在，你要送小朋友禮物，就不大可能有什麼目的。」

上車後，老人家坐進博愛座，對站在一旁的我們說：

「世上最快樂的人，是懂得奉獻的人，尤其是志工。你看他們甘願付出寶貴的時間、精力，有時還加上金錢，盡能力服務社會，並且不求回報喔。你說他們很有錢嗎？大部分是上班族而已；你說他們傻嗎？人家是最快樂、最懂生命意義的！你問有什麼目的嗎？有，就是幫助人，想讓更多人過平順、有愛的生活。」

這也是奶奶的目的。姊姊點頭，表示受教。

「而且，會對弱勢團體捐款相助的人，通常都不是富裕無虞的，只是普通人，有賣菜的，有做粗工的，還有許多連屬於自己的房子都沒有的。但他們不自怨自艾，覺得有一點能力幫助比自己更窮、更弱的，就會先去做。沒有人一輩子都得倚靠施捨，任何人都可以幫助別人，就看他做不做。」

我看見姊姊的眼睛睜得好大，那年她懂得了「的」、「得」、「地」的用法時，也是如此表情。雖然不再說話，但我知道她和我，都聽進心裡了。

從外牆塗得五彩繽紛的育幼院出來後，我們的心情是飽和的藍綠色，平靜且澎湃。當貧窮的你發現了有很多更困頓的角落，連一粒米和一本教科書都要善心人士捐獻時，心情是很複雜的。

寧奶奶說想吃麵，我們帶她到天母西路上著名的番茄刀削牛肉麵店。姊只是吃個番茄麵，規則一堆，不吃薑、別加蔥、少點鹹、多點番茄的，惹得奶奶嘀咕；接著，她又掏錢說要付自己那一份，不讓奶奶請客，讓老人家嫌她麻煩，只好又搬出「服從命令」那一套。稍後，我們沿天母西路、東路，散步到忠誠路。在路口百貨公司前，聽見幾個提著大包小包戰利品的高中生，竟準備以成績要脅父母買名牌鞋、名牌包的對話。奶奶不停搖頭，直說：「真糟糕。」

我們在誠品書店前的長椅坐下。十二月上旬的忠誠路，一千六百株臺灣欒樹的桃紅色蒴果雖漸漸枯黃，卻仍帶著特殊韻味。

「我的原則很簡單，想以條件交換成績的孩子，絕對別讓他得逞，一次都不

要！因為價值觀就此偏差了。這都是大人縱容，直接、間接所造成的！」

看著寧奶奶義憤填膺的模樣，姊姊問：「如果是先自動把書讀好，然後大人才獎勵的呢？」

「你問到重點了！杜子美真不錯。」奶奶笑開懷。「但這就是少子化的現代父母常有的盲點，永遠搞不清『鼓勵』和『被迫』，它們只有一線之隔。要知道，小小的觀念就能影響孩子的人生了！」

「對我來說，讀書的機會是要珍惜的。」姊姊低下頭。「而還沒有能力賺錢，就別亂花父母的辛苦錢。」

奶奶微笑。「嗯，就算有能力賺錢了，也不能亂花。這你一定知道。但看看那些孩子，揮霍著不是自己辛苦賺來的血汗錢，還隨便消費『讀書』這件事，完全沒有學生的樣子！」

「對，買得太過分了！我對『浪費錢』很『感冒』！」嫉奢如仇的杜子美，也加入批判行列。「就做學生該做的事就好了，不然怎麼叫『學生』？學生就是要讀書、學習，要把握青春去充實生命、加強韌性，當什麼『閃靈刷手』、『血拚貴

族』啊！」

奶奶的眼睛發亮。「哇，你的見解很棒耶！讓我想到杜甫的〈贈花卿〉：錦城絲管日紛紛，半入江風半入雲。此曲只應天上有，人間能得幾回聞？」杜子美接下去。「我聽過後面兩句。」

「嗯！那意思是什麼呢？」

「呃……曲子太好聽了，應該來自天上，人間很難聽得到？」

「呵呵呵，現代是字面那樣解釋，但其實它是在諷刺人的。」

突然颳起寒風，姊姊為寧奶奶拉攏圍巾，老人家繼續說：

「安史之亂，到處鬧饑荒，連杜甫的幼兒都餓死了。後來郭子儀等人雖漸次平定亂事，但百姓的生活仍然痛苦。還記得玄宗逃到四川避難嗎？期間杜甫也流落成都草堂，卻見四川官衙竟日歌舞！他歷經了風霜，飽嘗悲慟，看了有多難受啊！而地方猛將花敬定，更仗著有功而驕奢，天天設宴作樂，那時安史之亂還不算全部結束喔。杜甫有次受邀參加，見花敬定宴飲笙歌，用的還是天子禮樂，大吃一驚，深有感觸的寫下〈贈花卿〉一詩。表面稱讚花卿，其實指這是

天子才能享有的音樂，你只是將軍、是人民耶，不是皇帝！暗諷花敬定無視百姓在水深火熱中受苦受難，竟以天子音樂狂歡作樂！」

「這樣啊！」姊姊睜大眼睛。「原來是這個意思！」

「所以看到剛剛那些學生的行徑，還有你的言論，我才會想到『此曲只應天上有，人間能得幾回聞』。學生就該做好學生該做的事，不要只顧購物享樂，花錢如流水，況且還不是自己賺的呢！」

「奶奶好厲害，聯想力很強，我就沒辦法。」子美讚道，撿起腳邊的一枚落葉，說：「想必這首就是今天的功課吧？」

寧奶奶笑容漾開。「你也很厲害啊，馬上就聯想到了。」

子美也笑了。接著，她說儷曉家就在士東路地方法院後面，乾脆請奶奶吃湯圓好了。

我們步行在美麗的忠誠路上，許多外國人，不論金髮的、黑膚的，都親切的和我們打招呼。今年的「天母臺灣欒樹節」才於十月底盛大舉辦過，那時的馬路，盡是耀眼奪目的黃花綠葉紅蒴果，像姊姊形容的，美到快「爆」掉了！

到了儷曉家的「桂花湯圓／酸菜麵」店，黃媽媽熱情款待，不僅為我們各煮了甜湯圓和鹹湯圓，還切了豆干海帶。儷曉抓著姊姊問一天的行程，好像很羨慕這樣的工讀機會。

「咦？怎麼沒有桂花？」甜湯圓端上桌時，寧奶奶問。

頓時，連同別桌的客人都一起大笑，然後指著黃媽媽，異口同聲喊：「她就是『桂花』！」

這是多年來的笑話兼賣點了。儷曉的媽媽叫「周桂花」，店名取自她的名字，而不是湯圓裡加桂花，桂花兒的成本太高了。所以，她得一直跟客人說「我就是桂花」，也因此讓人印象深刻。

奶奶聽了直笑，慢慢咬開大湯圓，然後圓睜著眼，嚥下才道：「天啊，好好吃！讓我大吃一驚！而且簡直可以『大吃一斤』了！」

眾人聽了又大笑，覺得這老人家真寶。沒想到老人家接著又說：「此『圓』只應天上有，人間能得幾回『嚐』呀！啊，我不夠格吃這麼美味的甜點的。罪過！罪過啊！」

真佩服寧奶奶的文思可以結合幽默！我們都笑到捧腹，甘拜下風。黃媽媽桂花，自然也是被捧得很開心。

儷曉看看窩在姊姊懷裡的我，甜美的笑容上若有所思，她一定認為我太黏姊姊了。

【杜子美高聲朗誦】

〈贈花卿〉

錦城絲管日紛紛，半入江風半入雲。

此曲只應天上有，人間能得幾回聞？

【寧奶奶智慧語譯】

錦城（成都）的花卿家，連日不斷的奏著樂曲。那悠揚動聽的音樂，一半隨風飄入錦江水，一半則傳上了雲霄。如此動人的美妙樂章，只應天上神仙才能享受；世間的平民百姓，能有機會聽上幾回呢？

【杜拾遺獨家傳祕】

可指難得一見的事物，但要注意在運用時的暗諷意味。另外，也能用於自嘲。三、四句運用了「設問」修辭法中的「反問」（激問），即為了引起注意，改變平敘的語氣為詢問的語氣；且為激發本意而問，卻問而不答，答案往往在問題的反面。

留連戲蝶時時舞，自在嬌鶯恰恰啼

「便便」是不可避免的，
我們會因此而成長，
重要的是必須懂得如何……

「寧奶奶，我真的好欣賞你的腦袋。」

姊姊由衷表示著。從醫院探病回到天母，我們趁著氣候比前幾天溫暖些，帶寧奶奶到天母公園逛逛。

認識杜子美的人，都知道她很少說話；雖然很少說話，卻極有自己的意見。所以師長認為她個性麻煩、頗不合群。而直率的她，更隨著兩年前和一年前發生的事，變得憂愁且敏感，於是總有辦法惹上更多的麻煩。這樣的孩子，在精神上自顧不暇，更別提去讚賞別人了，但她竟對葛寧老奶奶那樣說。

我們從中山北路七段彎進巷子的紅磚道上，不期遇見姊姊的同學，外號「阿勃勒」的哈博樂迎面而來。姊姊又下意識全身繃緊，瞪他。

博樂對奶奶點點頭，以示禮貌，接著便側身讓我們走過，眼睛仍盯著杜子美。那雙意味深長的眸子，想必跟隨我們直到進了公園看不見為止吧。

「每個人的腦袋都是有用處的，」寧奶奶見我姊姊臉上停駐著憂傷，接續之前的話題說：「而且那上億個神經元，把每個人變得獨一無二。所以我們總是要學習別人的長處，別太計較已經過去的事。」

姊姊看看老人家，臉色掃過一絲陰鬱，還挾帶被識破心情的羞赧。

一進天母公園，就是長長的石板道，可以往下到達美麗公園和溪邊。

走過石板道上歷史悠久的防空洞，想起爸爸曾嚇我們，說那個他小時候就已存在的防空洞裡有很多鬼怪和毒蛇，害我每次經過都會害怕得閉上眼睛；更恐怖的是杜子美總幻想洞中肯定有條通往世外桃源的祕密通道，常慫恿我一起探險。許多次，面對阻擋的圍欄和我苦苦的哀求，她才打消念頭。後來年紀愈長，我們終於不相信洞裡會有什麼值得一看或嚇破膽的東西了。但這天母公園

的防空洞，應該是每個「老天母」童年都曾有的恐怖記憶。

就在想起這段往事時，我看見了原本跟我很要好的小芳在遊戲區盪著鞦韆，若紋和若綵姊妹是她的新死黨，正玩著翹翹板。我沒有打招呼，因為太常跟著姊姊，杜子雅已經無暇理會同學了。姊姊倒是喊了小芳一聲，她也揮揮手，然後繼續盪在高高的空中，還觸摸到老榕樹氣根鬍鬚的頂端。

冬天雖冷，但我們在偌大的公園裡散步、賞景，經過包括直排輪溜冰場在內的運動設施，吸收了人們滿滿的歡笑聲，心情也快活了起來。一直伴隨著的溪水聲，愈來愈大；蟲鳴鳥叫，亦不絕於耳。

「休息一下，就在天籟之中坐吧。」步行到溪邊時，寧奶奶提議。

「哇，奶奶，你的文采真好，我真的很佩服。」扶奶奶坐在石椅上，姊姊再次強調。「輕輕鬆鬆就出口成章。我就不行，像之前作業要描寫一個景點，再形容感受，我好喜歡從公園這裡望向磺溪對面別墅的景色，想來想去，卻只能寫出『這是個美麗的地方』。真不明白到底在學校學了什麼。」

老人家哈哈大笑，還抖抖手杖，驚動了一旁飛舞的蝴蝶。

「你是學了，只是不會運用而已。」寧奶奶慈眉善目的說：「好，你看到這個景色時，心裡想什麼？」

「就……很美。」姊姊苦笑。「頂多又覺得很震撼。」

「嗯。很美，很震撼，所以你看了多久？」

「喔，好久！奶奶你看，那樣的房子，在溪邊耶！溪谷裡有水，又有花花草草，我到現在都還可以看很久！」

「具體的講，多久？十分鐘？半小時？一小時？」

「嗯……不，我好像從白堊紀時代就站在這裡了！學校、家裡的什麼煩惱都似乎沒有存在過。」

「喲！這不是很棒嗎？」寧奶奶忘情的拍手。「瞧你『誇飾法』用得多好！讓人完全可以感覺你受到眼前美景的震撼！但別忘了，『白堊紀』這個詞是你從學校學來的；而就算你不上學，一直站在那裡，還是會為了肚子餓而煩惱。所以說呀，煩惱是不可避免的，我們會因此而成長，重要的是必須懂得如何排解它。」

「排解？就像『便便』嗎？」

老人愣了一下，立刻反應過來。「有一點像。『便便』是不可避免的，我們會因此而成長，重要的是必須懂得如何——」

「排解它！」杜子美大聲接話。

我們全都大笑。寧奶奶輕拍了下我姊姊的馬尾，道：「頑皮！」

姊姊撐住我的胳肢窩，半舉起我，笑著又喊：「頑皮！小鴨子真頑皮！」

「她叫『小鴨子』？很可愛啊！對了，子美，你還可以引用『黃四娘家花滿蹊，千朵萬朵壓枝低。留連戲蝶時時舞，自在嬌鶯恰恰啼。』」

「哦？杜老爺的？」

「沒錯，〈江畔獨步尋花〉這首詩在摹寫景物的技巧上十分獨到，尤其『留連戲蝶時時舞，自在嬌鶯恰恰啼』兩句。你仔細想，名詞、動詞、副詞、形容詞，每個詞都對得很棒！而且字眼活潑生動，充滿了音律感。寫的雖然是春天的花、草、蝶、鶯，描繪蝴蝶捨不得離開萬紫千紅的春花，其實是杜甫被吸引得留連忘返；而他飽經離亂，直到來到浣花溪畔的草堂，生活較為安定，便覺得黃鶯也特意為他歌唱。這些都是移情於物、情景相生的手法，在在顯示他那時的心

境是愉悅、開闊的。」

「喔，那跟他寫〈春望〉裡的春天很不一樣呢！」姊姊興奮的說：「『國破山河在，城春草木深。感時花濺淚，恨別鳥驚心。』」

「對！你注意到了，你真是開竅啦！」寧奶奶激動的稱讚。「所以，以後寫大自然美景，你把名詞、動詞、副詞、形容詞找出來，適當的運用，就是很好的描寫了。然後，一定要映照你的心情，形容一下內心感受，這樣就叫優秀了。」

「子美——」

姊姊正大頷其首時，突然聽聞儷曉的呼喊，回頭望，見哈博樂也跟在她身邊，臉頰便瞬間垮下來。

「奶奶好！」儷曉打了招呼，接著對子美道：「阿勃勒說你們在公園。」

「什麼事？」姊姊沒好氣的，低下頭，沒有看哈博樂一眼。

「別這樣，都那麼久了……前天他才在學校替你解決一個麻煩耶！」

「那怎樣？我叫他多管閒事嗎？」姊抬頭，對著儷曉回應。

「子美，一年前那件事你可以全怪我，」博樂說話了，「是我錯，我願意以

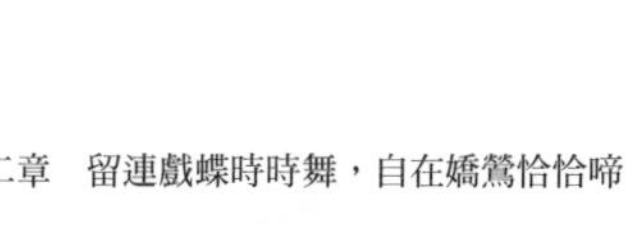
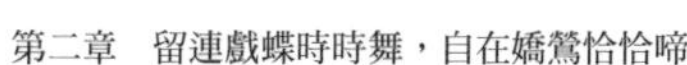

友情補償一輩子。」

姊緊抓著我的手，有點發抖。「停！我不想聽、不想談、不想看見你！」

「杜子美！」哈博樂急喊。「到底要怎樣你才會原諒我？」

姊姊瞠著目，怒吼：「那不干我的事！走開！我在工作！你們都走！」

「好，算我又自討沒趣。再見！」博樂轉身，儷曉只好叫喚著追上去。

兩人離開後，寧奶奶盯著子美。「哇，你跟那個阿勃勒有什麼血海深仇？每次看見他，你就混身刺。建議你看一本好書：《刺蝟的優雅》，學學怎麼瓦解偽裝的防衛尖刺。還有，你在學校惹了什麼麻煩？」

「就……」似乎思考了一會兒，姊姊才決定回答：「一個壞嘴女很愛欺負范小文，那天她又被我聽見罵小文是個大白痴……我就氣得扯了她的頭髮，她追著我要打，卻又跑不過我……」

「唉，要用腦，別動手。」寧奶奶嘆口氣，繼續問：「那麼，一年前阿勃勒究竟惹了什麼麻煩？」

杜子美咬著脣，再也吐不出一句話。

【杜子美高聲朗誦】

〈江畔獨步尋花〉其六

黃四娘家花滿蹊，千朵萬朵壓枝低。
留連戲蝶時時舞，自在嬌鶯恰恰啼。

【寧奶奶智慧語譯】

鄰居黃四娘家旁的小路上，開滿了春天的花；千朵萬朵，茂盛得把枝條都壓彎了。戀戀不捨的彩蝶嬉戲著，不停飛舞；悠閒自在的嬌鶯，也頻頻優美的啼叫。

【杜拾遺獨家傳祕】

「留連戲蝶時時舞，自在嬌鶯恰恰啼」兩句不僅對仗工整，也運用了景物「摹寫」的視覺、聽覺技巧。這詩描寫的是春天花草欣欣向榮，昆蟲、鳥類也生氣盎然的景況，在動作與聲音上都繪寫了心境的愉悅和開闊。所以引用時，心情要與春景相呼應，才能顯示出本詩的精髓。

露從今夜白，月是故鄉明

請給我一斤絞肉，肥瘦比三比七；
兩隻雞腿，要骨肉分離……

雖然吐不出話來，事情還是要做。

顧不得再見寧奶奶會有的尷尬，姊姊今天仍然赴「寧居」打工，不過我們先去了菜市場。

「老闆，一斤絞肉，請幫忙挑一下，肥瘦比要三比七。」

「大姐，我要兩隻雞腿，骨肉分離。不，不只是清腿，骨頭我也要。」

「哇，阿媽，你怎麼有辦法把山茼蒿種得這麼美！算我便宜點好嗎？這樣我就能再買那顆小小高麗菜炒給七十歲的奶奶吃了……」

我的姊姊行事特別，或說規矩特多，難纏得很，連買菜這種事，她都是個不世出的奇才。雖然算是「時勢造英雄」——自從我媽管不了太多生活瑣事，這些任務便落到了她肩上，而且自己下廚比較省錢——我還是認為她非常有本事。

見識了二十一世紀杜子美麻煩的買菜高招後，我們提著幾袋東西，抵達「寧居」。

其實姊只買了絞肉、雞腿、洋蔥、山茼蒿和高麗菜，另外帶了她種的紅蘿蔔和馬鈴薯，還有外公拿來的杏鮑菇。她跟寧奶奶說除了這一餐，還要額外做三天份的菜，讓老人家冷藏或冰凍起來，想吃的時候只要取出，或煎或熱即可，別老是吃外面做的，太重口味又太花錢，既傷身體又傷荷包。

寧奶奶對這女孩的「大言」半信半疑，笑說有誠意就夠了，別太勉強。

姊叫我在客廳好好坐著，便進廚房忙碌了。我在沙發上環視都是書的客廳，老人家瞅瞅我，微微一笑，便埋首作家龍應臺的著作《目送》之中了。

「哇……」一小時後，她望著一桌菜，目瞪口呆。

「四菜一湯。」姊姊介紹著：「涼拌白蘿蔔，我昨晚在家就做好的；洋蔥豬

肉薯餅，外酥內軟，容易咀嚼；而這是照燒雞腿排，甘甜味一級棒；紅蘿蔔炒高麗菜，營養充足。另外，雞骨熬的湯，加進杏鮑菇和山茼蒿，風味特殊又讓你暖呼呼！而且我用砂鍋熬，很省瓦斯。」

「太厲害了！來，開動！」寧奶奶雀躍的拿起筷子，吃將起來。「哇，很好吃呢！色香味俱全，太出乎我意料之外了！你真的只有十四歲嗎？」

我們都笑了，有這個姊姊，我一直覺得很驕傲。

「廚房裡還有喔，等它們涼了，我再去包好、放冰箱，奶奶隨時可以吃。」

「嗯！太好了！」奶奶紅光滿面。「所以我說每個人的腦袋都是有用處的，沒錯吧？看你的食材平價且簡單，卻能變出既美味、分量又多的價值，這就是我該跟你學的！唉，我的廚藝不佳，多年來全家幾乎都外食。現在想想，真難為了我的先生和孩子們，尤其是小薔薇，她那麼瘦……」

她的眼神頓時凝結在空中，氣氛轉得有點憂傷，我們都知道她想起了家人。那些「不單純」、「充滿無奈」的家務事，我們不懂，姊姊只好轉移她的注意力，說：「奶奶，你家跟我家一樣耶，除了書，其他東西少得可憐。」

她回過神來，馬上應答：「重要的東西有就好，夠用就好，生命的空間何必塞滿一些沒必要的？」

「睿智！」姊姊極為讚賞。「我覺得奶奶跟我有點像耶！為了慶祝我們的忘年之交，等一下吃飽飯、打掃完，我幫你按摩，有助血液循環和鬆緩筋骨喔！」

「這麼好呀？我自然恭敬不如從命嘍！」奶奶忘情的笑了。

「聽說今晚的月亮非常大、非常亮耶！奶奶別忘了看。」姊姊隨口又聊。

奶奶聽了，卻嘆起氣來。「終究還是要有親人在，月才算圓啊。杜甫的〈月夜憶舍弟〉一詩中，提到『露從今夜白，月是故鄉明』，說二十四節氣的白露到了，之後天氣漸漸變冷。天上的月雖然一樣皎潔，但故鄉的就是比較明亮……」

「呃，奶奶，我問你喔，」姊姊壓低聲音，還望望窗外，「你是不是也……惹了什麼麻煩？」

「唉——」老人嘆了一口長氣。

「我可以幫你。雖然我錢沒勢的，但是有義氣，還有，我跑得快！」

「謝謝你。」寧奶奶微笑。「我只是想念故鄉和家人，但還不能回去，得在

這裡完成一些使命。話說唐代的安史之亂，洛陽也被叛軍攻陷了，杜甫人在邊境的秦州，三個弟弟卻四分五散，或在故鄉洛陽，音訊斷絕，生死未卜，他非常想念他們。

「『有弟皆分散，無家問死生』，他不僅和至親分離，連老家也因戰爭而被毀壞了。這在月圓的夜想起來，是何其難過、何其牽掛啊！但戰事還沒結束，他十分無奈的，只能透過描寫月色來表現思鄉之情。當時正好是秋天，花草樹木開始凋謝，自己又身在邊境，加上孤雁的淒叫聲，就更顯得空虛孤獨了。這首詩，展現因戰亂而思親的感情，尤其懷念他無法在一起的手足。」

提到手足，姊姊突然哭了起來，我也跟著難過。

寧奶奶大驚，趕忙安撫：「唉呀，丫頭，怎麼傷心起來？是你提到圓月，我有感而發呀！別哭、別哭了……」

積壓許久的壓力，讓姊姊痛哭流涕。半晌，她才抽抽噎噎的說：「我也是有感而發。我的家人……目前如同散離，就算人在一起，也沒有相依，每個人都……孤獨……」

「怎麼回事？我只知道你爸爸離開了。」

「其實我媽也不算在，她的三魂七魄沒有全回來。還有，我妹妹……」姊姊又開始哭泣。「我非常想念……妹妹……我讀到蘇軾兄弟的故事，『往日崎嶇還記否，路長人困蹇驢嘶』、『但願人長久，千里共嬋娟』就會哭到……哭到不能自已……我妹……」

「唉。龍應臺的《目送》裡，也談到兄弟姊妹情。」奶奶的眼眶轉溼。「『我們從彼此的容顏裡看得見當初，我們清楚的記得彼此的兒時……全世界只有這幾個人知道，譬如你的小名，或者，你在哪棵樹上折斷了手。』」

我聽了心痛，姊姊則已號啕出聲，淚流滿面。

「孩子啊，我從沒聽你談起過妹妹，但你似乎都把『它』當妹妹在說話。」奶奶擦著淚，指指沙發上的我。「你願意告訴奶奶，你妹妹是怎麼變成那樣的嗎？」

【杜子美高聲朗誦】

〈月夜憶舍弟〉

戍鼓斷人行，邊秋一雁聲。露從今夜白，月是故鄉明。
有弟皆分散，無家問死生。寄書長不達，況乃未休兵。

【寧奶奶智慧語譯】

戰士戍守的樓閣上更鼓響起，路上也失去了行人的蹤跡；在這偏遠的邊境秋夜裡，只傳來孤雁悲悽的叫聲。從今夜開始，已是白露節氣，愈來愈寒冷了；這裡的月兒雖亮，感覺還是故鄉的最為皎潔光明。

我的弟弟們四散在不同的地方，老家也被戰火所摧毀，根本無從打聽他們是生是死。我不斷的寄信回故鄉，卻一直沒接獲回信，應該是因為無法送達吧；何況現在戰事仍然緊急，還沒停止用兵，就更沒希望得到他們的消息了。

【杜拾遺獨家傳祕】

「露從今夜白，月是故鄉明」為移情手法，在自然景物的描寫中注入深切的主觀感受，亦即借景生情。當出門在外求學或旅居時，思念故鄉，便可以引用，顯示只有家人都在的家，才是真正的家鄉；也只有家鄉的圓月，才是最明亮。

第三章

你是我的姊妹

人生有情淚霑臆，江水江花豈終極

很多男生就是這樣，明明喜歡，
卻愛用捉弄人家的方法來表達情感。

兩年前，父親不告而別，始終音訊全無，我家真是慘到不能再慘。公司方面，也不知我爸去向，爸的同事歐叔叔說，他們總監還因他常曠職，早就想開除他了。親戚對我媽更不諒解，都說她嫌棄丈夫，不想吃苦、不堪吃苦，我爸才會心死的逃離這個家。總之，我們三人只能在家被動的等待我的爸爸杜威浪子回頭。

姊姊好幾次目睹媽媽在金錢入不敷出、親情責難、愛情背離的壓力下，死盯著廚房的刀子。都是姊去求她要振作的，而且學校發的「求救」貼紙，她也放在明顯的地方以備不時之需。

其實一肩挑起重擔的不是我媽，是我姊杜子美。世上任何家庭有如此懂事的天使小孩，是求都求不來的莫大福分。只可惜，我們的父母不知珍惜。

我強調，我家已不能再慘了，誰知一年前，姊姊本該到小學校門口等當時十一歲的我一道回家，但被國中同班同學哈博樂絆住。那時還很頑皮、對杜子美有意思的哈博樂，又說起她名字的冷笑話，纏著不讓她離開。很多男孩就是這樣，明明喜歡，卻愛用捉弄人家的方法來表達情感。

等得太久的我，以為姊姊先回家了，於是獨自步行離去，結果路上發生意外。我本在人行道上好好走著，突然，一隻喵喵叫著的小小貓出現，糟糕的是牠竟往馬路橫衝直撞而去！我急著攔下牠，也衝向車道，然後是一聲驚天撞擊，帶走了我瞬間的意識。說也奇怪，身體並不會感到疼痛。

總之，後來我是救活了，但也只能躺在床上不省人事。

由於不少人目擊我是突然衝進車道的，肇事的計程車司機自然反應不及，警方判定他並沒有超速，也非酒駕，更不是疲勞駕駛，我們毫無立場也不願意

告他，不能將責任都推給他。再說，人家也是個窮苦的單親爸爸，提著水果、牽著小孩來看過我好幾次，說明除了保險公司會支付不論有無過失的「強制責任險」理賠金外，他很抱歉無法提供其他醫療費用，癌症去世的妻子已耗盡他所有家當。而那不知有多少錢的紅包慰問金，終究也被杜子美退了回去。

基於「同理心」，望著計程車司機約六歲的小小孩，她就是沒辦法讓他再失去更多，所以也要母親與人家和解。

儘管有了一筆「強制責任險」理賠金，我還是很快花光媽媽僅有的八千元，還添了更多債務。動作一向緩慢的我，這次倒展現了少見的超高效率。

那些都是後來的事，我對事發當晚，印象更是深刻……

車禍後，我的肋骨和大腿骨折，脾臟差點破裂，還有一大堆外傷、挫傷，醫護人員一直喊著：「輸血！」最嚴重的是，我因腦部創傷造成血腫而陷入了昏迷，昏迷指數只有五。

儘管如此，我的「靈魂」似乎能與肉身抽離，看見周遭這一切。神奇吧？直到今天我依舊不明白，但那時，我想的是：我快死了。

這是臨終前的靈魂出竅，電視都這樣演的。我快死了。

在急診室，從工作的餐廳趕過來的媽媽，看見已經插管的我，整個是傻掉的。後來她尖叫一聲，緊接著便昏了過去。醒來後，除了簽署各種文件，聽警察敘述計程車司機和目擊者的筆錄，她一句話也說不出來，無法表示任何意見。她披頭散髮，眼神呆滯，十分狼狽。媽媽變成這樣，我懊惱至極，還好桂花阿姨陪著她，否則下一個躺在馬路上的，可能就是她。

至於我姊……

她見我頭破血流躺著時的表情，盡是不肯相信。有那麼二分之一秒，她本來已經搖晃著要昏倒了，但我媽先叫、先昏了，於是她強挺住，還掌了自己一巴掌，不允許身體倒下。醫生在開刀房替我動急救手術時，她盯著白板上的我的名字發顫，然後咬牙、握拳，顯露深深的憤怒，接著便狂奔而出。

我怕她出意外，想跟上去，卻動彈不得，原來我的靈魂無法離開肉身太遠。

桂花阿姨陪著好友溫柔，也就是我呆若木雞的媽媽，在手術房外無言的坐著。不久，儷曉來了，我們導師來了，外公接著也到了，但沒人知道杜子美為

什麼不見了。晚上九點，那個平常尖酸刻薄，我爸走後還強勢的跟我們搶草堂土地的鄰居哈貴婦，竟意外出現在醫院走廊！她當然不是為了關心我，而是來控訴杜子美把她寶貝兒子哈博樂打得鼻青臉腫！說她逼了很久，另一個寶貝兒子哈博強才吐實：親眼見到杜子美打了哥哥。

「你家那個孩子憑什麼惹麻煩惹到我兒子身上！哈將軍氣炸了！」

如此興師問罪的戲碼理應磅礴澎湃，哈將軍調動一整連部隊過來，我們都不會感到驚訝。但哈貴婦演不太下去，因為「施暴者」不在，「施暴者」的母親也瘋了似的呆坐著，其他人更是一再勸她，請她體諒，這一家才發生了這麼可憐的事呀……

哈貴婦只得氣憤離場，氣到走過公布欄時，上面的紙張還飛了起來。

十點，「麻煩小姐」背著睡袋和包包到來，大家先是訝異，接著便明白她準備長期抗戰了，那是她心愛的妹妹呀。沒有人提起哈博樂，任何事在此時都是雞毛蒜皮，比綠豆、芝麻還要小。

我的緊急手術結束，轉到加護病房後，外公先回去了，姊姊請桂花阿姨帶

我媽回家，也拒絕了想陪伴的儷曉，說這兒有她就夠了。

「喔，還有，幫我請假。」她對好友說：「我妹沒好，我不會離開。可能要一陣子。」

「子美……」桂花阿姨看著她。「你還好吧？別壓抑……」

大家都走後，杜子美遙望著加護病房玻璃窗裡被包得像木乃伊的杜子雅，兩行熱淚這才毫不壓抑的流下……

「一直到現在，我媽都還進行著無聲的尖叫，我想是連著兩年、兩次的打擊，她承受不了。」

姊姊對寧奶奶敘述了整個變故，哭聲斷斷續續的，重點卻大致說到了。寧奶奶安撫了一會兒，等她平息情緒後，才嘆：

「唉，『人生有情淚霑臆，江水江花豈終極？』杜甫的〈哀江頭〉。不必背，我只是聯想起這首詩。你還記得安史之亂，杜甫想赴靈武效力肅宗，途中被敵軍擄到長安嗎？他過了八個月痛苦憤恨的俘虜生活，卻也寫了很多七言古詩，

包括〈哀江頭〉，都是詠述當時的事。他親眼見到長安的悲慘，寫下百姓和青年士兵死傷慘重、民不聊生的景況；也寫玄宗和楊貴妃以前遊幸的曲江，已荒蕪一片。〈哀江頭〉雖然對楊貴妃著墨甚多，卻是藉著她來追想繁華昇平的昔日，並且抒發對國家和故君的感情。和〈春望〉一樣，都是很悲傷的詩。

「常常，我們對照起以前和現在，總有『要是沒發生那件事就好了』的慨嘆，而那也往往嚴重到有流不完的眼淚。」

「『人生有情淚霑臆』，是啊，為了子雅，我哭得太多太多了。」

「於是，你從此移恨哈博樂，卻也更堅強。」寧奶奶下結論。「子美呀，因緣安排，定有深意。我不是特意要開導你什麼，但事情已經發生了，我們更要往前走。」

姊姊瞅著寧奶奶，靜靜的，沒有說話。

「子美，我可以去你家，看看真正的杜子雅嗎？」

【杜子美高聲朗誦】

〈哀江頭〉

少陵野老吞聲哭，春日潛行曲江曲。
江頭宮殿鎖千門，細柳新蒲為誰綠？
憶昔霓旌下南苑，苑中萬物生顏色。
昭陽殿裡第一人，同輦隨君侍君側。
輦前才人帶弓箭，白馬嚼齧黃金勒。
翻身向天仰射雲，一笑正墜雙飛翼。
明眸皓齒今何在？血汙遊魂歸不得。
清渭東流劍閣深，去住彼此無消息。
人生有情淚霑臆，江水江花豈終極？
黃昏胡騎塵滿城，欲往城南望城北。

【寧奶奶智慧語譯】

少陵野老（杜甫）吞聲哭泣，在春天裡偷偷來到曲江幽深的水彎處。見曲江江頭的苑林宮殿都已上了鎖，岸上的柔細楊柳、水中的新蒲又為誰蒼綠呢？遙想當年，皇帝鑾駕遊獵的霓旌，曾來到江頭的芙蓉苑，苑中花草樹木都煥發出生動的光輝。昭陽殿裡最受皇帝寵愛的楊貴妃，與皇上同車，隨侍在側。

御從的戎裝女官們背著弓箭，騎著配有黃金馬勒的雪白馬匹，翻身向天，往雲中仰射一箭，墜落的箭下是兩隻比翼雙飛的鳥兒，使得貴妃燦爛的笑了。然而明眸皓齒的楊貴妃今在何處？她已是滿臉汙血的遊魂，無法再回到君王身邊了。楊貴妃的遺體葬在渭水流域，而玄宗須經由劍閣深入崎嶇的蜀道，已是生死殊途，聽不到彼此的纏綿細語了。人非草木，觸景傷情，淚水往往能沾溼胸臆；曲江流淌的水與花草，如無盡的哀思，哪裡會有盡頭呢？黃昏時，安祿山叛軍的鐵蹄搗得塵埃滿天，籠罩了整座長安城。我著實心煩意亂，想回到城南住處，卻又頻頻望向城北的唐室！

【杜拾遺獨家傳祕】

「人生有情淚霑臆，江水江花豈終極？」運用了「設問」修辭法中的「反問」，問而不答，以問句來表達確定的意思，答案往往在問題的反面，意即：感傷的哀思如江水江花，不會有盡頭。可在因事而悲痛至極、感傷落淚時引用之。

無邊落木蕭蕭下，不盡長江滾滾來

旅行是有家可以回，
流浪則滿是疲憊，
尤其如果還是個窮鬼。

我們一起回家看「我」，真是個特別的經驗。

外公在屋前小花園練太極拳，「白鶴展翅」招式一過，見到陌生人，便停下動作。姊姊為兩位長者簡短介紹後，請外公先回家休息，才領著寧奶奶進入我們姊妹的房間。

我躺在床上昏迷著，因開刀剃光又長出來的短髮上，別著一根藍白雲髮夾。

「那天我看你的視線一直停在髮夾區，原來是計劃買給妹妹。」

「子雅很喜歡雲，我實在忍不住，就買來預先當耶誕禮物送她。」

「唉，一個好好的小姑娘，只能無助的、動彈不得的躺著，讓人心酸哪！」

寧奶奶握住我的手，凝視了一會兒。「你們有這樣的遭遇，我好難過。」

姊姊為我擦臉，壓抑住感傷。「我真希望替她承受身體的痛。」

「『無邊落木蕭蕭下，不盡長江滾滾來』。我們那位早已捉襟見肘的詩聖呀，在非常照顧他的嚴武死去後，便離開成都的草堂四處流浪了。但，想找一個適合的地方養家、終老，是何其困難！他流落到今日四川白帝城附近的夔州時，因病而住下，是一輩子生活最苦的時候。『貧病交加』那種感覺你應該懂。」

姊姊點頭，她怎能不懂？

「流浪和旅行不同，旅行是有家可以回，流浪則滿是疲憊，尤其如果還是個窮鬼。長年漂泊、居無定所的杜甫，這時已窮困潦倒，加上病體的痛苦，讓他心情萬分愁悶。所以他用登高所見的蒼闊畫面：『無邊落木蕭蕭下，不盡長江滾滾來』，形容內心的震盪翻湧，不是昂揚，而是悲抑。這首著名的〈登高〉，寫景寫情，把綿延不絕的感傷形象化了，使人感受到那股愁極悲壯的氣勢。現在，看你們姊妹倆這樣，我感觸良多啊。唉，如果人生的問題只是貧窮，倒不算什

麼，問題是通常都還伴隨著更深沉的痛。這兩年……苦了你了，子美。」

姊姊的淚珠，一顆顆無聲的迸出，成為話語間低沉的音樂。

「我每天……都跟小雅說話、教她功課，出門也帶著她最愛的洋娃娃。我從不承認她是植物人，她有天一定會醒，現在只是像平常一樣，太喜歡賴床了……」

寧奶奶瞇起眼，拍撫她。

「我只是……」她哽咽起來：「只是想要小雅醒過來，我要看到她康復，去上學、交朋友，平安長大，再跟喜歡的人結婚……這樣的心願是奢求嗎？不，她會清醒，她不會死的！」

飄在空中的我，看了好心疼。

突然想到小說《最後14堂星期二的課》裡說的：「每個人都知道自己有一天會死，但沒有人把這當真。所以我們對死亡都是在欺騙自己。」寫得很對，不是嗎？我如果知道自己過不久會死，當然要好好度過在世上的最後幾天，或者選擇狂放哭個過癮。但，我們往往不知已死到臨頭了，而知道時也沒什麼時間準備。所以，經驗了這件事，我更認同作者的提議：「你要知道自己會死，並且隨

時做好準備，這樣你在活著的時候，就可以真正的比較投入。」

的確呀。另外，我一直以為我快死了，才能靈魂出竅，看陽間親人。但日子就這樣過去，令我納悶命運不知作何打算。後來，我歸納出一個事實：杜子雅昏迷著，卻擁有「雙靈」。「體靈」在家，失去意識；「魂靈」則頭腦清晰，可以飄起。我作夢都沒想到，自己有一天竟會成為名副其實的「阿飄」！

只是，我的「魂靈」仍舊無法離開一定距離隨意遊走，但後來發現能夠附身於我最喜愛的洋娃娃身上，跟著姊姊四處跑。照顧著我的肉身的姊姊，也彷彿能透過娃娃看見我，與我對話；更是隨時隨地把我帶在身邊，忍受別人嘲笑她：「都國二了還離不開娃娃。」

我家沒錢讓我繼續住院或待在安養院由專人照護，只好住在家裡。之前，我們已欠銀行很多錢了，現在媽媽又不得不向老闆預支未來半年的薪水，連舅舅、桂花阿姨、爸爸的同事歐叔叔，都是我們的債權人。我堆積木的能力向來很差，沒想到債臺築得高入雲霄，比傑克的豌豆長得還快。

我沒有見到所謂「瀕死經驗」的那條隧道或感受溫暖的白光，倒是我的「魂

靈」，誤打誤撞的，居然能穿梭在天世門口與人世之間！

這是後來天世門口的守門人跟我說的「魂靈」的功能。一開始，你很容易懷疑自己在作夢，但第二次起，就不會這麼認為了。守門人約五十歲上下，穿著咖啡色長衫，繫著腰帶，還打綁腿，似乎隨時可以下田，或是跑個百米什麼的。

後來，一位長鬚老者出現，他身著黑色袍服，手拿一本書冊，看起來很有學問。長鬚老者對呈現半透明狀，站在門外的我笑笑，問我要不要進來就讀「天世立穿梭星河中小學」，他是那裡的榮譽校長，現在則是「天世立扭轉乾坤綜合大學暨研究所」的資深教授兼文學院院長。

「你應該可以讀沙鷗班了，」他上下打量我，謹慎的說：「不是燕子班，嗯，也非鸚鵡班，而鳳凰班又太小了。」

我很感謝他熱心安排我的未來，但我還不打算離開人間，我親愛的姊姊在那兒呢。他說不急，等我考慮清楚再做決定，還為我解釋了仙世、天世、人世、地世和獄世。

簡單講，這五個世界是同時又連續的。當你在人世時，其他四個世界也在運行；而我們離開人世，接著也就進入另外的某個世界繼續生活。是的，不停循環，且你在原屬世界的表現，會影響接下來的「分發」。

我應該算被「分發」到天世，卻從未踏進天世大門，因為我不敢。那雕著花的欄柵裡，有形形色色的人，穿著風格不一，似乎沒有服裝規定；他們也都悠閒的忙著，或荷鋤，或捧硯，或騎馬，或談天，更多的是手不釋卷。沒有工業革命後的機械畫面，更無一個人是愁眉苦臉。前天，長鬚老者牽著一個抱著茅草的小孩，叫喚在大門徘徊的我，要我別害怕，可以進來參觀，他們的課程十分多元。但我的缺點除了愛賴床，還天生就是個膽小鬼。

就算做了「阿飄」，我同樣是個膽小「鬼」。

後來，聽到姊姊起床，準備出發去寧奶奶家了，我便急著回到人世，匆忙間，好像聽到長鬚老者問守門人：「找四娘了嗎？」我聽得不十分清楚。只有在姊姊睡覺時，我覺得無聊，「魂靈」才會偶爾上天世晃晃，一年來也不超過五次，且次次短暫。

「寧奶奶，總之，我要子雅醒過來。這不是奢求。」現在，姊姊仍紅著眼說。

「一定會，你這麼努力的全心照顧她，還得上學、持家呢！」

「在醫院待了一個半月，我的功課起初都是老師和儷曉為我補上的，後來外公強迫我一定要上學，我才每天去上課，但放學便立刻直奔病房，簡直生活在那裡了。之後，小雅出院回家，一樣由我負責照顧。而直到爸爸出走才不得已去上班掙錢的媽媽，在借了薪水後，更被老闆要求從中午十二點當班到晚上十點半，還常常超時。她出門上班前，已經退休和舅舅同住的外公會過來看著小雅到下午五點，替補我上學的幾小時空檔，假日就不用麻煩他老人家了。」

「呵，現在又得麻煩他了。」寧奶奶笑。「因為你要打工賺錢。」

「嗯，但基本上他們都只是看著而已，不能留小雅一個人在家嘛，她的大小事，還是由我照料、處理。」

「你最累，我照顧過我婆婆，知道那真的很辛苦……」

姊姊聳聳肩。「這就是我的家庭。父親一去不返，妹妹一睡不醒，母親一蹶不振，每個人都孤獨。我媽在家裡，永遠是疲憊不堪及渾渾噩噩。」

「她也還沒醒來吧，還陷在深沉的痛裡……」

寧奶奶轉頭注視床上的我，接著撫摸我的臉頰，眼裡滿滿了然一切的樣子。咦？是不是我的樣子太難看，否則她怎又淚溼衣衫？姊姊趕忙起身抱住她。

「我老了，感觸良多呀！『無邊落木蕭蕭下，不盡長江滾滾來。萬里悲秋常作客，百年多病獨登臺。艱難苦恨……』」她又吟起此詩，充滿孤愁。

【杜子美高聲朗誦】

〈登高〉

風急天高猿嘯哀，渚清沙白鳥飛迴。
無邊落木蕭蕭下，不盡長江滾滾來。
萬里悲秋常作客，百年多病獨登臺。
艱難苦恨繁霜鬢，潦倒新停濁酒杯。

【寧奶奶智慧語譯】

風聲颯急、天幕高垂，山猿的叫聲似乎蘊含無限的哀傷。小洲孤清、河岸沙白，只有沙鷗不時在風中迴旋。無邊無際的落葉紛紛飄下，無窮無盡的長江水滾滾而來。我離家萬里，悲嘆自己經常漂泊、作客他鄉；而老來多病，只能在蕭瑟的秋季獨自登上臨江的高臺。世事艱難，更可恨的是我兩鬢已白如霜雪；如此窮困潦倒了，近日又因病而停杯，無法藉酒澆愁，真是愁上之愁啊。

【杜拾遺獨家傳祕】

「無邊落木蕭蕭下，不盡長江滾滾來」是極佳的「摹寫」手法，也具「對偶」的美感，場面蒼闊，能表現出蕭瑟、巨大的悲傷。「無邊」、「不盡」，是綿延不絕的哀痛。「蕭蕭」、「滾滾」是狀聲詞，亦是「類疊」法，以增強語意，加深氣氛。在形容哀思、愁苦排山倒海而來時，可以引用。

安得廣廈千萬間，大庇天下寒士俱歡顏

何必拒絕朋友的幫助？何必非得憑一己之力站起來？

「我來擦，你繼續睡吧！」姊姊說著，接過媽媽手裡拿著的抹布。

這幾天下大雨，我家已漏水一年多的屋頂，脾氣因而更加暴躁，不停的放水進來，使得牆壁、地板，無不淪陷，成為一片水鄉澤國。

今天是週六，雖然冷，但天氣不錯，雨已經停了。清晨，杜子美移開廚房各個接雨的桶子，拖起地來。幾天前終於請抓漏的師傅來估價了，師傅內外檢查、丈量後表示，斜屋瓦裡的固定架已腐蝕，防水層也裂了，再不修補就會腐

爛坍塌。是，情況很嚴重，客廳的壁面還有壁癌，連工帶料一萬元就好，本來是要一萬六的，看在你爸幫我介紹過生意的份上，算個整數。他說。

「拜託！一萬元，五個月的生活費耶！」我姊發著牢騷。拒絕了師傅，她現在只有認命的擰拖把，在大冬天沁出辛勤的汗水。

可能因為傳出聲響，把不習慣如此早起的媽媽吵醒了。媽媽醒來，見一室狼藉，也取了布要加入救災行列。姊姊有點驚訝，這是一年來，媽媽第一次「主動」要做家事。

每天，除了花十二個鐘頭在工作和交通上，扣除睡眠時間，媽媽只有五小時是在家裡活動的。那五小時包括早晚共約一個半小時的梳洗打理、一小時吃飯，然後是一小時的發愣、半小時的感傷落淚；僅餘六十分鐘是分配給我，和一些譬如閱讀法院寄來的狀紙之類的雜事。喔，還有接銀行的催繳電話、到銀行繳錢等。

這是姊姊觀察、統計得來的。而假日和週一，外公不會來。週一是媽媽的公休日，作息上則把上班那十二小時的一半代換成臥床，因為一週下來，她總

是疲憊不已。姊姊放學回家往往發現她在睡覺。另外的六小時呢？

「應該一邊照顧小鴨子，一邊還是發著呆吧！」姊姊推測。

「是的。」我回答，只是姊姊聽不到。「她還會一直跟我說『對不起』。」

然而現在，媽媽竟想幫忙擦拭漏水的廚房！我從姊姊的神情中，了解她有多麼的訝異，與感動。昨晚，她不停咀嚼寧奶奶說媽媽還陷在深沉的痛裡的一番話。後來，她對我喃喃：「可能每個人對痛的承受力不一樣，我不該怨媽媽。」

這時訝異又感動的她，停下擰拖把的動作，要媽媽上床繼續睡。通常媽媽是會茫茫然聽從的，不料這次竟拉回了抹布，並擁抱了天使女兒……

稍後，姊姊為我擦身、做復健動作時，臉頰就跟廚房的牆一樣，一片溼漉漉。她回味許久，覺得媽媽雖然依舊沉默，但起碼有感情上的反應了。

「媽媽今天很棒！會幫忙喔！」她對我笑，準備出門。「小鴨子一號，你乖乖睡，我帶小鴨子二號去工作了。」

巡察過這昂貴病床該供給的都沒問題後，她和平常一樣，把「我」放在肩背袋裡，往前門走去。

這時門鈴響了，她從信箱孔看見是哈博樂，忙厭煩的吼他走開。博樂說什麼也不走。姊正杵著時，他突然丟石頭要杜子美開門，她不開，不料他竟丟更大顆的，導致木門角應聲破了個洞。

這下可好！杜子美真的開門了，但開門是為了要打他。他見闖了禍，如臨大敵、如遇猛虎，只有腳上抹油加速逃跑。

跑步是杜子美所擅長的，哈博樂不知道嗎？他一路跑上天母北路，行人都不明白為什麼他會被一個女生追到像沒命似的！他也納悶，自己為何去招惹這出了名的麻煩小姐！

被追上後，果真三兩拳上身。他倒地，她抓著他領口，氣急敗壞飆話：「你為什麼一定要惹我？為什麼？我喜歡跑步，因為這是我唯一玩得起的娛樂！你不知道嗎？我家屋頂已經漏水沒錢修了，現在門又破了，你很高興看到這樣的結果吧！是不是？」

我姊歇斯底里的吼，接著哭了出來。博樂盯著她近在咫尺的眼睛，啞然。稍後，才慢慢道：「別……別哭，我只是想跟你說，你可以加入田徑校隊，成績

好就能代表學校參加比賽，例如『全中運』，只要表現好或破紀錄，市政府那裡都有不錯的獎金拿，這不是很好的打工方式嗎？」

姊姊愣了一下，提手擦拭臉上的淚，才回他：「我沒那種時間在學校訓練！」

「試試看，安排一下嘛！投資報酬率很高的。你是個快腿，我最清楚了。」

他自嘲，努力勸進。「還有，打破你家的門，對不起，我會賠；而且，我可以先借你錢去修屋頂……」

「閉嘴！不需要你同情！」杜子美站起來，撿了背袋轉身就跑。

在寒風中奔跑了十分鐘，稍微緩緩心跳、平靜心情後，她才按下「寧居」的門鈴。而在陪寧奶奶赴醫院探望友人途中，姊姊說：「奶奶，我前天稍讀了杜甫的〈茅屋為秋風所破歌〉。」

老人眼睛大張，頭微撇，同時「喔？」了一聲，不太敢相信這個杜子美會主動去讀那位杜子美的大作。

「講他的草堂屋破漏雨，一陣大風來，連屋頂都給掀了。這時還被一些頑童欺負，搶走了那些屋頂上的茅草，使得他家無法遮風避雨，沒有一塊乾的地方，

棉被、衣服也都又溼又冷……好像我的遭遇呀！雖然沒他那麼慘。」

姊姊很自然的拿杜甫困苦的生活景況自比，還跟老人家訴起苦來，包括長年漏水的屋、剛剛破掉的門。對我們而言，奶奶早已不是個陌生人，這陣子，甚至比親人還要親。聽完後，奶奶說：

「杜甫在成都浣花溪畔建了茅屋，就是『草堂』，安頓了受苦受餓的妻兒。生活雖仍清苦，但他在這裡享受了一段與先前流浪不同的田園平靜生活。然而，一場大風雨使得草堂嚴重受損，他有感而發，寫了歌行體七言古詩〈茅屋為秋風所破歌〉，還有〈楠樹為風雨所拔嘆〉，敘述了當時景象。這詩的『牀頭屋漏無乾處，雨腳如麻未斷絕』其實也暗指安史之亂以來國家社會的情況。

「而他身為受災戶，卻表現了博愛胸懷，由本身的痛苦推想到別人的痛苦、社會的痛苦。於是許下心願：『安得廣廈千萬間，大庇天下寒士俱歡顏，風雨不動安如山。』他希望有個穩固的大房子來收容天下的貧寒百姓，使他們能遮風擋雨，安穩過日子。末了，他還捨己為人，說只要達成這個願望，即使他家毀壞或他凍死了，也是心甘情願！子美啊，你要了解，這才是全詩的重點及深意。

杜甫之所以偉大，之所以讓人景仰，由此可見。」

姊姊認同的點頭。隨後，寧奶奶遞來一個信封，她打開，嚇一大跳。

「一萬三千元。」老人家慈祥的笑。「今天、明天和下個月的打工費，我先付。總共十三天，乘以五小時，再乘以兩百元。你數學好，心算也可以吧？」

姊姊搖頭推辭，退回給她。「不，你給我的時薪已經很好了，不必再這麼做。」

「子美，杜甫的草堂也是靠老友嚴武等人協助，才能順利蓋起來的。如果沒有他們，也不會有影響後代如此深遠的大詩聖了。所以，何必拒絕朋友的幫助？何必非得憑一己之力站起來？況且我只是提前把你應得的給你，聖誕節剛過，我身為老闆也沒送你禮物呀。之後若增加工時，我也會補上，這筆錢你剛好可以先修屋頂了！」

「奶奶……」信封被塞回，姊姊的眼睛又迷濛起來。

「你應該學學杜甫，接受並體會友情的珍貴。所以，不妨冷靜聽聽博樂想表達什麼，先別為了拒絕而拒絕。」

【杜子美高聲朗誦】

〈茅屋為秋風所破歌〉

八月秋高風怒號，卷我屋上三重茅。
茅飛渡江灑江郊，高者掛罥長林梢，下者飄轉沉塘坳。
南村群童欺我老無力，忍能對面為盜賊。
公然抱茅入竹去，脣焦口燥呼不得。歸來倚杖自嘆息。
俄頃風定雲墨色，秋天漠漠向昏黑。
布衾多年冷似鐵，嬌兒惡臥踏裏裂。
牀頭屋漏無乾處，雨腳如麻未斷絕。
自經喪亂少睡眠，長夜霑溼何由徹！
安得廣廈千萬間，大庇天下寒士俱歡顏，風雨不動安如山。
嗚呼！何時眼前突兀見此屋，吾廬獨破受凍死亦足。

【寧奶奶智慧語譯】

八月秋高氣爽的日子裡，突然狂風怒吼，捲走了我屋頂上的三層茅草。茅草隨風飛過江，散落在對岸江邊的周圍。有些茅草高高懸掛在茂密的樹梢，有些則飄沉進池塘或窪地了。南村一群孩童欺負我年老無力，居然忍心當著我的面，像盜賊一樣偷走那些茅草，抱著跑進竹林裡！我喊得口乾舌燥也叫不住，只好回來拄著拐杖獨自嘆息。不久，風停了，卻湧出像墨一般黑的烏雲，使得深秋的天空一片昏暗。

我家的布被已使用多年，像鐵一樣冷又硬；孩子夜裡睡得不安穩，把被子都踢到破裂了。而屋子漏雨，就連床頭都沒有一處是乾的；雨更像亂麻般綿密的打下，未曾停頓。自從安史之亂以來，我憂國、漂泊，已經很少睡得好，現在更不知怎麼度過這潮溼不堪的長夜！如何才能得到寬廣高大的房屋，來收容、護庇天下貧寒的百姓呀，使他們都能展開笑顏，有遮風避雨的地方，安穩如山的過日子。唉！什麼時候我眼前才會突然出現這些房屋？如能達成此願，即使只有我的茅屋毀壞破敗，或我受凍而死，都心甘情願啊！

【杜拾遺獨家傳祕】

「安得廣廈千萬間，大庇天下寒士俱歡顏」使用了「誇飾」修辭法，意在表達極其深切的願望，並不是真的要蓋房屋「千萬間」。「誇飾法」的運用可以使平淡無奇變為新穎鮮明，或是加深情感，彰顯作者要傳達的情意。在祈願所有貧窮人士都能有個遮風避雨、安身立命的處所時，可引用之，以表達由衷期盼。

第四章

三兩個朋友

穿花蛺蝶深深見，點水蜻蜓款款飛

「人生七十古來稀」，十二歲，會是我生命的終點嗎？

「寧奶奶的薪水來得真是時候啊！我一直很怕你家塌下來耶！」儷曉抬頭盯著我家廚房的屋頂。她拿了兩袋包子來，姊姊請她不必再送補給品了，她父母賺錢也很辛苦。她卻手一揮，叫我姊別那麼見外。

「對啊，反正整個都修補好了。」吃著稀飯的姊姊，挾起自己做的醃蘿蔔。

「我請師傅再來看一次，他還是算一萬元，本來要一萬六。三十年的木造結構房子耶！有了寧奶奶預付的薪水，我其實已經鐵了心要修，媽媽沒表示意見，所以我咬著牙跟師傅約定了，因為很怕這個家坍倒下來，而且潮溼對病人很不好。

結果，帶師傅出門時經過臥房，他看見躺在床上動也不動的小雅，居然有點哽咽的說：『那就五千元吧！人工算我的。你……好好照顧妹妹。』」

「哇！他人真好耶！」儷曉圓睜著眼。「一萬六變五千！」

姊姊放下筷子。「他是附近有名的『價錢公道伯』，不會坑人，而且比業界便宜，所以他說多少理應就是多少。反正，我跟他說謝謝，還說我本來就會好好照顧妹妹，而農曆過年後賺到打工費，會立刻補給他五千元。」

「哇！你人也好好！」

「哪有，那是人家應得的錢，只是我就有一點緩衝期了，不必怕萬一有什麼急用時，家裡卻沒半點錢。媽媽這半年才恢復領薪，但七成都先用來還債。」

儷曉這時手插腰，又揮手道：「我家的就別急，而且別跟我說你以後還要還我這些魚呀雞呀湯圓包子的，我會昏倒！都幾年的朋友了！」

姊姊想起寧奶奶「不必拒絕朋友幫助」的那番話，便笑著說：「好啦！反正我點滴在心頭！」

儷曉也笑。之後，她到房裡看我，嘆我怎麼還不醒，大好世界等著我呢。

接著又問我姊工作的行程。今天是元旦，太陽高掛，寧奶奶想去山上踏青，姊姊便決定帶她搭公車上陽明山，走那條平緩的二子坪步道。

「我可以一起去嗎？」儷曉熱切的提議。「自從你假日開始打工，我就好無聊！而且媽媽叫我下午再去店裡幫忙就行了。」

姊姊打電話問寧奶奶，她歡迎之至。於是兩個女生開始準備上山物品，各背好包包後，我們便出發到「寧居」接奶奶了。

一行人搭公車上山，車上滿滿都是想到大自然晒晒冬陽的同好，所幸有人讓了奶奶座位，兩個女孩便像左右護法般圍住她站著，臉上都漾著比日光還燦爛的笑容。姊姊應該有好久沒這麼開心了，除了打工薪資挹注了家裡的經濟和不預期支出外，媽媽有點突破性的反應，也都是令她肩頭、心頭壓力減輕的原因吧！

儷曉又盯著姊姊包包裡露出的洋娃娃頭，笑：「到哪兒都帶著它，真把它當你妹呀？」

「那是小鴨子二號啊！」

兩個女生都驚訝，因為出聲的是寧奶奶。姊姊回給她一個好美、好溫柔的微笑。是的，還有這位不知來自何處的葛寧老太太，讓身心都承擔極大壓力的杜子美有了喘息的機會，也主動關心、聆聽她的傾訴。使得心事、家事，除了儷曉，從不對外人言的杜子美，心靈上有了很大出口。

不管我最終會不會醒轉、康復，絕對由衷感謝這位寧奶奶，她幫我照顧了姊姊——這個為了全家，已負擔太多太多的姊姊。

公車載著大家往上爬。冬天的陽明山區總是寒風細雨，雲霧瀰漫，但今日天氣晴朗，老人家出遊很安全。

雖然在多山的臺灣，陽明山不是最接近天空的，甚至只有玉山的四分之一高，也不是幅員最廣的，卻有著極大的不可取代性。如果塞納河是人們對巴黎自然景物和重要性的第一印象，那麼陽明山之於臺北，便有著相同地位。她是全世界離都會區最近、最「親民」的國家公園，多如網絡的登山步道與遊憩區，使動植物、昆蟲及岩層資源極為豐富的她，更加受到人們喜愛。而登山步道從簡易級到高難度，各異其趣，民眾自是各有所好，也各取所需，目的都是擁抱

她的美麗。其中，二子坪步道是平坦又幽靜有味的，加上「五星級」的無障礙設計，十分適合全家大小同遊。冬天走在這林木參天的步道上，沒有夏天震耳欲聾的蟬鳴、昆蟲聲，只有一些不怕冷的鳥類依然啁啾。

「這裡是蝴蝶步道喔！」扶著寧奶奶的手慢慢走的姊姊說：「每年五月到八月，你會看到滿天炫麗的蝶群飛舞！」

「喔！可惜，我很喜歡蝴蝶呢！」老人家微喘著氣道，「春天的陽明山花季很有名，那冬天可以看什麼？」

「絕美霧景！」前方的儷曉回頭說。「還有，看臺北樹蛙擇偶！可惜奶奶應該也看不到，牠們在傍晚入夜時，才會全爬到現在我們走的步道上集體求偶！」

「滿滿的喔！」姊姊接話。「有次爸爸帶我們姊妹和儷曉從這裡登上面天山。回程太晚下山，才五點鐘，山裡的天色就大暗了，經過這條步道時，我們才會看到滿滿的臺北樹蛙……場面真是壯觀！我們得用手電筒照路，再像跳房子一樣閃過牠們耶！」

「聽起來滿有趣的，」寧奶奶笑，「但我想還是別那麼晚下山才好。」

「是啊！那次小鴨子嚇得哇哇叫！」姊捏捏我的臉。突然，又指著前方，「山櫻花！很美吧！」

我們駐足欣賞。這時，已走了約兩公里長，進入步道底的親水遊憩區。

「嘩！豁然開朗，有翠山深谷之幽雅！可惜沒帶相機。」

奶奶對於這個地勢寬廣開闊的火山凹地很是歡喜，沒選擇在涼亭休息，反而往中間植滿水生植物的生態池走去，在池邊席「草」而坐，喝子美準備的熱茶。這時，儷曉躺下，唱起歌。

「哇，你的歌聲真美！」寧奶奶驚嘆。

「奶奶，從黃儷曉外號『黃鸝鳥』，你就知道她聲如天籟，似黃鶯出谷了！啊，小心山風。」姊姊攏攏老人家的毛帽笑道。

聽完黃鸝鳥獨唱，姊姊也在下一曲合唱，難得輕鬆愉快。

「蝴蝶！」突然間，奶奶指著池塘邊的白影叫道，「冬天少有蝴蝶啊！」

「真的耶！」姊姊拍手。「在夏天，這裡還能看到藍蜻蜓和蝴蝶共舞呢！」

「『穿花蛺蝶深深見，點水蜻蜓款款飛』。」唱了歌的儷曉，還吟起詩。

寧奶奶讚賞道：「你會這首？不簡單！」

「老師課外補充過啦！而且『點水蜻蜓』很好記嘛！」儷曉害羞的揮手。「蜻蜓點水其實是在水面上產卵喔。」

「沒錯。」奶奶繼續說：「這是杜甫〈曲江二首〉中的一首，作於安史之亂漸漸平息的暮春。當時，長安已經收復，肅宗與朝臣也回到京城來了，但這場大災難，不僅造成民不聊生，也使曲江景觀嚴重損毀；而透過曲江的蕭條，他聯想起唐朝至今的滄桑變化。

「此時官任左拾遺，也就是諫官的杜甫，被當權宦官排斥，心情煩悶，於是藉此詩來感嘆春光易逝，也慨嘆唐王朝的衰落，更有『不得志』的感懷，十分耐人尋味。詩中提到『人生七十古來稀』，他體悟人生苦短，大好春光也轉眼消逝，難道不值得珍惜嗎？而『穿花蛺蝶深深見，點水蜻蜓款款飛』，寫江頭恬靜、怡然的景色，意境之高，用詞之美，受到很高的讚譽。」

「嗯！字詞對仗得也很棒！」杜子美難得的頷首應和。

「就像二子坪這兒的好山好水！嘿，冬天尚且如此，春天一定美到『爆』

了！」奶奶的新人類用語，引得我們咯咯笑。

是啊。回憶起十歲之前，我們全家偶爾會到二子坪來泡茶、看書，享受醉心駐足，或追訪臺灣藍鵲、大冠鷲，或觀賞生態池裡的睡蓮，及臺灣萍蓬草黃色酒杯般的花朵，待一整天也樂在其中。而登上面天山遠眺北海岸，也會覺得世事小如豆，應該把握光陰，及時行樂！

「人生七十古來稀」，我呢？十二歲，會是我生命的終點嗎？

【杜子美高聲朗誦】

〈曲江二首〉其二

朝回日日典春衣，每向江頭盡醉歸。
酒債尋常行處有，人生七十古來稀。
穿花蛺蝶深深見，點水蜻蜓款款飛。
傳語風光共流轉，暫時相賞莫相違。

【寧奶奶智慧語譯】

暮春，上朝回來，我天天都去典當春季穿的衣服，也每天到江頭買酒，喝到爛醉才肯回家。後來到處賒酒欠債，已經算是平常小事了。人的一生能活多久呢？自古以來能活到七十歲的就很少見了，所以要及時行樂。

你看明媚的春光，蝴蝶穿梭在花木深處，忽隱忽現；蜻蜓悠閒的點著水面，緩緩輕飛。寄語這動人的春光，讓我與穿花的蛺蝶、點水的蜻蜓一起逗留、相賞，哪怕時間短暫，可別連這點心願都背離啊！

【杜拾遺獨家傳祕】

寫春光有限、人生苦短時，可以運用，強調「及時行樂」。而「穿花蛺蝶深深見，點水蜻蜓款款飛」運用了「對偶」及「摹寫」法，「深深」、「款款」則是「類疊」法，非常生動，能引用於花木扶疏的山光水色中。尤其又有翩飛的昆蟲，更指一種恬適、怡然的意境。

同學少年多不賤，五陵衣馬自輕肥

要從事件中找到一直關心你、鼓勵你的人，
那往往是沙子裡的金！

「今天晚了，下次再帶你到擎天崗大草原去翻滾。」姊姊對寧奶奶說。奶奶被逗笑了。擎天崗……我想，當我死去時，擎天崗也會是我在世的回憶。你只消往廣闊的綠色地毯上一躺，天空便是眼簾裡的全部，煩惱瑣事會自動消除，你就在視野開明的天地穹蒼之間，在天光拂身的山高水遠畫作之中……深刻而動人。

我們沿來時步道往回走，儷曉聊起我，也聊學校，聊杜子美惹的麻煩，逗得老人家又氣又笑的，直說我姊真的要學學用腦筋。

「但，其實我年輕時也很麻煩。」寧奶奶遙想當年，不可思議的，臉上竟帶著驕傲。

姊姊已經燦爛得笑開了。「其實我……我覺得奶奶現在還是很麻……」

寧奶奶又輕拍了我姊的馬尾。儷曉深有感觸的說：「奶奶，你是給杜子美下了什麼藥？我有兩年沒看她這麼笑了！」

我姊打了儷曉的肩，使得好友搬出一堆例證；再由例證推演到哈博樂一年來的行為。她表示，博樂很在意子美，也對子雅很過意不去，他已經不頑皮了，整個人都變了。

「他還私下維護你的名譽，挺有義氣的。而且，他跟他媽媽大吵耶，罵媽媽沒心沒肺，對你們弱女寡母的趕盡殺絕。」

姊姊低頭不語，她對博樂間接造成我的意外，一直耿耿於懷。

「還有，」儷曉頓時打住，我姊便瞅著她，「那些……我帶到你家的食物，大部分都是博樂偷塞給我，要求說是我請客的……不然他怕你寧願餓死也不會吃。」

姊姊一驚，表情恍然大悟，但依然沒說話。

最後，是寧奶奶說想去士林一家印度小館吃飯，才打破了這份寧靜。

下山後，儷曉受奶奶強力邀請，也在小餐廳坐了下來。兩個女生從沒吃過印度菜，剛好開了眼界。

奶奶說不久前曾經來過，覺得他們的料理挺可口，頗能展現印度風味；而環境、服務、衛生等，也算中規中矩。但有項缺點：湯不夠熱，這次，依然如此。結帳時，寧奶奶忍不住告訴櫃臺收銀員：「你們的店不錯，但湯不夠熱，只是溫的，上次也是。要改善呀。」

「是嗎？都沒有客人提起過耶！」收銀小姐道。

「大家應該是懶得說吧！」儷曉聳聳肩。

「可是他們都喝光光耶！」

「當然要喝光光，我們付了錢耶。」子美回應。

「可不是？」換寧奶奶發表意見了。「我們不是大富豪，不會以『不喝』來表示對湯『不熱』的抗議，跟荷包過不去嘛。」

出了餐廳，我們全都大笑，奶奶說：「看來你倆跟我一樣麻煩！」

老人家開始強調細節的重要。世上有著那麼多人口，那麼多的事業、商品、服務等，維繫著龐大市場的供需，而通常能夠異軍突起、出類拔萃的，都是一些重視細節的人或產業。若是輕忽，或遲不改善，早晚要被淘汰。

「尤其是服務至上的現今社會，細節顯得更重要了！他們如果沒聽進我們的意見，前途堪憂啊！」

這個論點我也覺得很有道理。正自咀嚼時，聽到寧奶奶說想看看我，於是一行人便直接回草堂。

我們抵達兩棟高樓間的草堂時，剛好見到博樂和他的富少爺朋友們從賓士車下來，司機還趕忙替他們卸下高爾夫球具，要管理員抱進門。

「『吳宮花草埋幽徑，晉代衣冠成古丘』。」子美諷刺的說。

她意指三國時代，吳國美輪美奐的宮殿及園林，如今荒蕪到只剩僻徑裡的枯花野草了；而晉朝那些王謝貴族們，經過幾千年，也早已埋進古墓裡了。意即人擁有再大的權勢、利益，終究也是一死；若只顧一時顯赫，到頭來留下什

麼有價值的東西？只有長江水不停的流，大自然才是永恆。

「喔！李白的〈登金陵鳳凰臺〉。」寧奶奶笑笑。「呵呵，你想得太嚴重了。我寧願說『同學少年多不賤，五陵衣馬自輕肥』。」

「『不賤』？」兩個女孩同時出聲。

「是啊。『不賤』就是不貧困、社會地位不低，在杜甫的〈秋興八首〉裡指的就是富貴。我們之前講〈登高〉，不是說他到了夔州，因為窮、老、病，是一輩子生活最苦的時候嗎？〈秋興〉也是夔州時期的作品，寫在〈登高〉以前。

「安史之亂雖然結束，但外族卻趁此時入侵，加上藩鎮又起內亂，社會仍舊動亂不安。生活困苦的杜甫很是擔憂，但深知自己無力報國，於是已經五十五歲的他，結合了蕭瑟的秋景，寫成悲壯蒼茫、意境深遠的〈秋興八首〉。

「它是一組結構嚴密、互相呼應的詩，依序描述了夔州生活及對昔日長安的憶念。這是第三首，描繪夔州的清晨，是第二首夔州月夜的延伸。寫他天天都獨坐江樓看清晨的寧靜，卻煩憂起自己不順遂的人生，感嘆懷才卻不受重用，只能眼睜睜看著往日舊交乘好馬、穿好衣的富貴。『五陵衣馬自輕肥』，五陵是

指長安的豪門鉅子，他們穿著輕裘，駕著肥馬。而從『自』這個字，可以讀出杜甫略帶諷刺的口吻，以及，他不在乎。」

「所以，可以用這兩句來講博樂？」儷曉歪著頭問。

「這兩句放到現代來講，有著不同況味。面對朋友、同學的富貴，你可以略帶諷刺，也可以不在乎，但不能阻止你奮勇前進，去自在的過比富貴更有意義的生活。民初作家張愛玲的《同學少年都不賤》，書名就取自杜甫的『同學少年多不賤』，敘述兩個當學生時的好友，畢業後，漸漸在經濟條件、社會地位上拉開了差距。這時彼此之間，參雜的可能有自卑加自傲、羨慕加嫉妒等等。但其實，只要對人生負責、努力，說穿了就是『都不賤』，誰也不會比誰差。杜甫原詩的感嘆、諷刺，我寧願用現代的喻義來比擬。」

姊姊低著頭，凝視經過貧窮型女改裝法修改後的牛仔褲，若有所思。

「真正的朋友不是表面的、一時的，是要經過時間洗鍊的。」奶奶看著這兩個同學。「你們會一起做很多事，也會發生什麼事，更可能有一些遺憾。重要的是從事件中找到一直關心你、鼓勵你的人，那往往是沙子裡的金啊！」

儷曉望著我姊，還推推她，意指：「你看吧！」

寧奶奶笑，繼續說：「子美，要記住，你現在不會比人差，何況以後？儷曉也是，應該說，連阿勃勒都是。我看得出來，他是個好孩子、好朋友。」

姊姊轉過頭看往哈家，眼神剛好與望向這邊的博樂對上，兩人就這麼杵著。此時外公出來，看見我們，一夥兒人便進了門，姊請他先回家休息。

到了臥房，我的雙靈難得合一，就躺在床上讓寧奶奶看，覺得她真是位有愛心的長者。之後，寧奶奶說下週六的工作是陪她到臺東，得過一夜，要姊速訂車票和住宿處。

「我的原則很簡單。」她一派輕鬆的下令：「我呢，不搭飛機、高鐵、長途客運，還有計程車。」

真的「很簡單」！她可以直接說搭火車的！我們都笑出來，這老太太……

儷曉見我姊面有難色，忙拍拍她的肩說：「就到我家來上網查火車班次和住宿啦！但現在我要去店裡幫忙，你晚上等媽媽下班又太晚了，但她週一休息可以顧小雅不是嗎？你就乾脆放學後到我家來。」

姊高呼太好了。雖然臺灣是電腦王國，臺北是網路城市，但吾家也貧，沒有電腦這種東西，別說網路了。

【杜子美高聲朗誦】

〈秋興八首〉其三

千家山郭靜朝暉，日日江樓坐翠微。
信宿漁人還泛泛，清秋燕子故飛飛。
匡衡抗疏功名薄，劉向傳經心事違。
同學少年多不賤，五陵衣馬自輕肥。

【寧奶奶智慧語譯】

長夜過去，太陽昇起，一戶戶山村民家在清晨的日光中靜靜甦醒了。我天天在江邊小樓中，坐看這一片青翠的山色。在江上過夜的漁夫，應該還沒睡醒，只任小船隨波漂浮著；還有幾隻燕子，總是在秋色中穿梭飛翔。遙想西漢時的匡衡，負責上疏勸

諫皇帝，功名官途有其一筆，而我身為諫官，卻動輒得咎；當初在集賢院等待派任時，我也期望像劉向一樣修撰古籍經典，將前賢的學問思想傳述給後代，可惜最終還是事與願違啊。現在我已經五十五歲了，仍然留不住一官半職，窮困於夔州；而少年時的同學如今在長安都已飛黃騰達，駕著肥馬、穿著質地輕軟的高級皮衣了。

【杜拾遺獨家傳祕】

本詩以靜謐景色書寫心中的不平靜。感嘆懷才不遇，只能眼看少時的同學朋友們，個個發達且富裕，有諷刺及不在乎的意味。其中，「五陵」意指長安的豪門鉅子，為修辭的「借代法」。現今「同學少年多不賤，五陵衣馬自輕肥」，亦用於彼此奮鬥努力，誰都不比誰差，都能自在過著比富貴更有意義的生活。

人生不相見，動如參與商

有人想起你，記憶起你的一切，
生命就是永恆的了。

「你以為他被尊稱『詩聖』，只是因為詩寫得好嗎？」

在自強號火車上，寧奶奶推推眼鏡，瀏覽我姊搜尋來的資料，邊說：「找得滿齊全的嘛！杜子美。連到我朋友家的交通方式都印出來了。那是因為他還心懷家國、憐愛黎民，有悲天憫人的仁者胸懷，才被尊為『詩聖』。」

面對跳躍性說話的怪怪長輩，姊姊想了一下，馬上泰然自若搭腔：「而且因他的詩作描寫安史之亂前後的國家社會狀況，還有百姓的苦難及自身遭遇，讓後人很輕易就能了解那時的唐朝，所以他是社會詩人、現實主義詩人，又被稱為

『詩史』。他寫當時的貧富不均：『朱門酒肉臭，路有凍死骨』，聽過吧？而我如果沒找齊，奶奶你不搭計程車，我們要怎麼到達你朋友家？你說不想通知人家的。」

真佩服姊姊的反應！

寧奶奶也漾起欣賞的笑。「頭腦清楚！相信我，杜子美，你的前途光明。」姊姊有點訝異，隨即說：「謝謝奶奶看得起。不過，我比較想換取我妹以最快的速度醒來，然後康復。到時即使我沒有像杜甫那樣的文學成就，只有和他相似的坎坷人生，也沒有關係。」

如果洋娃娃也有淚腺，我這時應該淚水盈眶了……我的姊姊啊！

「你不怕吃苦，我知道。」寧奶奶的微笑依然。「子雅一定會好起來的，因為你影響了她。你認為她為什麼撐了這麼久？就是不願意放棄呀！」

姊姊的眼睛又溼潤、模糊了。

「子美，杜甫才學廣博，認為求仕是他實現經世濟民遠大理想的道路，但官運欠佳，一直謀不到官職。他的一生只擔任過幾次不大的官銜，像人稱『杜工

部』，就是他曾任檢校工部員外郎，還是老友四川節度使嚴武所薦用的節度參謀哩；而『杜拾遺』，則是他在安史亂中投奔剛即位的肅宗，不料途中被虜，後來逃離控制，肅宗派給他的『左拾遺』，性質類同諫官。但他不是不適應官場文化，就是言論政策不受重視，於是都做不久，甚至被貶謫。

「現實殘酷啊，所以他的生活永遠困頓。中年時遭逢戰爭摧殘，老年又被病體折磨，飢寒交迫，可謂萬分的乖離。但，他從不減少對生命的關注。文學思想所投射出的社會性、現實性、藝術性，都是他親身走過、體會過的悲苦沉鬱的一生！所以他的詩讀來令人覺得情感真摯，而且為學刻苦，對後代產生了極大的感染作用。他與大詩人李白合稱『李杜』，又影響了許許多多的後學，包括唐朝的賈島、孟郊、杜牧、韓愈、元稹、白居易、李商隱等，宋朝的黃庭堅、王安石、陸游、辛棄疾、文天祥，以及明末清初的顧炎武等，啊，太多太多了。

「講這麼多，重點就是：在一生裡，你留下了什麼？有沒有對誰有著一定程度的影響力？子美，我深深覺得，你可以影響你妹妹，你的力量很大的。」

姊姊目不轉睛的盯著深入剖析的寧奶奶，淚水在眨眼時，不小心淌下。

「別哭，你的力量很大，一定能成功的。」

車過花蓮，進入臺東的池上、關山等米倉，一片片稻田，使視野顯得寬廣又溫暖，讓人很有「飽足感」。

「現代詩人余光中二〇〇六年到成都的『杜甫草堂』祭拜，寫了四十行詩紀念他。其中，『七律森森與古柏爭高／把武侯祠仰望成漢闕／萬世香火供一表忠貞／你的一炷至今未冷／如此丞相才不愧如此詩人』，武侯即是三國時劉備的丞相諸葛亮。杜甫在夔州困苦住下，還是去悼念了諸葛亮，寫下〈武侯廟〉及〈八陣圖〉；更在〈古柏行〉中，以武侯廟前高大的古柏來側寫諸葛亮。杜甫極尊孔明，而後世的文天祥不只崇敬杜甫，還特別熱愛杜詩，更仿學他的〈乾元中寓居同谷縣作歌七首〉寫下了〈六歌〉，以懷念親人。

「這些在在說明，有人受你的影響，尤其是好的影響，你的一生就足夠了；而有人想起你，記憶起你的一切，生命就是永恆的了。」

寧奶奶凝視著子美，微笑，彷彿在說：「加油！」我姊點點頭，從背包中取出了我那本《杜甫詩選》，看看淺綠色封面，再翻開，盯著我的簽名。

「自從聽奶奶講了很多杜老爺的事，也深入讀了很多他的詩，我才發現，以前根本不了解他。」

「現在了解還不遲。」奶奶拍拍子美的手。「後人統稱他的詩集為《草堂詩集》，可見你也應該以你家的草堂為傲。啊！臺東到了！坐了五個多小時啦！準備下車吧！」

姊姊提起奶奶的行李，領著老人家慢慢走出火車站。

「就快看見我這位大學時的朋友了！我跟他三十多年沒見，聽說他還在臺東老家，已經兒孫滿堂嘍！」

「『昔別君未婚，兒女忽成行』。」姊姊看著十分興奮的奶奶，竟吟出杜甫的詩句。「你們現在這樣，也很像『人生不相見，動如參與商』。」

「呵呵呵！你真的很棒耶！」

「學校教過啦，還記得幾句。我以前是討厭杜老爺，但可沒否認他的文筆好。」

老人家拄著手杖笑。在我姊的攙扶下，上了巴士。

「這〈贈衛八處士〉是左拾遺杜甫上疏救房琯後被貶到華州途中作的。」兩人坐下後，她解釋。「這一路上，戰亂使得所見盡是瘡痍，因此他還作了著名的古詩『三吏』：〈新安吏〉、〈石壕吏〉、〈潼關吏〉；還有『三別』：〈新婚別〉、〈垂老別〉、〈無家別〉，用人民的語言，淋漓盡致描述了下層社會人物的哀苦與憤怒，表達了『反戰』思想，都是時代創舉，很有歷史及藝術價值。而〈贈衛八處士〉寫的雖是重逢，仍然顯現出「聚難離易」的時代背景。

「他拜訪了住在鄉間的少時好友，感嘆人生就像參星與商星，各在天一方，當一個上升，另一個便下沉，難以在地平線上同時出現。而他們好不容易相見，卻只一晚，又得匆匆分別了！於是抒發聚少離多和世事滄桑的慨嘆。這詩用的都是平白的字詞，卻自然而感人。尤其最後兩句『明日隔山岳，世事兩茫茫』簡單幾字，已將才剛重聚又須相別的感傷與無奈，展現得動人心緒。」

「明日隔山岳，世事兩茫茫」，的確是簡單而動人的喟嘆。而當我們下了公車，姊姊對照地址搜尋時，奶奶卻拉了拉她，以眼神示意：「別找了，他在那裡。」是個頭髮泛白，拄著雨傘在街口便利商店盯著報紙頭版的老先生，一旁還

牽著類似孫兒的小孩。

「看看就好，不必去。」奶奶拉住本想往前走的杜子美。

「不會吧？」我姊納悶。「大老遠特地跑來，卻不跟他見面、打個招呼？」

「嗯。我只想確定當年他沒追到我後，過得好不好而已。看來還不錯。」

姊姊不死心，又說：「真的只要在這裡默默遠望，不問候一聲？吼，現在是『鬢髮各已蒼』，下次可能『訪舊半為鬼』嘍？」

寧奶奶哈哈大笑。「算你厲害，還會跟我分享這首詩啊！」

她最終還是沒與友人相認，說他看到她一定會情緒波動，怕打擾他平靜的生活。雖然姊姊覺得奶奶年紀這麼大了，不可能還有讓人「驚心動魄」的魅力，但還是依了她。

「活生生的『人生不相見，動如參與商』。也真像月亮和太陽的不相見呀！那，現在，帶你去吃網路推薦的臺東美味『老東臺米苔目』懷舊一下好了。」姊姊看看手上從儷曉家印表機印下的資料。「然後再去火車站的旅館辦入住手續。」

老人家已雀躍的唱起歌來：「『你若來臺東，請你斟酌看……』」

【杜子美高聲朗誦】

〈贈衛八處士〉

人生不相見，動如參與商，今夕是何夕？共此燈燭光。
少壯能幾時？鬢髮各已蒼。訪舊半為鬼，驚呼熱中腸。
焉知二十載，重上君子堂。昔別君未婚，兒女忽成行；
怡然敬父執，問我來何方。問答未及已，驅兒羅酒漿。
夜雨剪春韭，新炊間黃粱。主稱會面難，一舉累十觴；
十觴亦不醉，感子故意長。明日隔山岳，世事兩茫茫。

【寧奶奶智慧語譯】

人在世間，與摯友難得相見，好比天上的參星與商星，一沉一現，無法相遇。而今晚是什麼幸運的日子啊？竟然能與你在此重逢，秉燭挑燈共敘舊時情衷。青春壯年能夠有多久呢？看我倆現在都已白髮蒼蒼了！我打聽了老友，大半已經過世、入了鬼

籍，所以看到你，令我驚訝，胸中熱流迴盪著。真沒想到闊別二十年後，還能有機會再次拜訪府上。

當年我倆分別時，你還沒成親，如今已兒女滿堂！他們和順的敬重父親的摯友，還熱情的問我來自什麼地方。而問答還沒有說完，你便催促孩子張羅家常酒筵。冒著夜雨摘來了春天的韭菜，不一會兒，便傳來燒好的黃粱摻米飯的香味了。你說老朋友難得有機會碰面，於是一口氣喝了十大杯。十杯下肚我也難得一醉，卻感受到了你對故友的情深意厚。明朝起，你我又要被山岳阻隔，各奔西東了；世事的變遷如此滄桑、渺茫，真令人感到悲傷惆悵！

【杜拾遺獨家傳祕】

「人生不相見，動如參與商」使用了修辭法「譬喻」中的明喻，以參星和商星具體形容抽象的人生現象，使得詩意易懂且活潑。而現代社會繁忙，在朋友分離後相見困難，或感慨「聚少離多」時，都可以引用。

正是江南好風景，落花時節又逢君

有成熟穩重的靈魂，
也有天真活潑的赤子之心。

「『你若來臺東，請你斟酌看，出名鯉魚山，亦有一支石雨傘；初鹿之夜，牧場唱情歌，紅頭嶼、三仙臺，美麗的海岸。鳳梨釋迦柴魚，好吃一大盤，洛神花紅茶，清涼透心肝。你若來臺東，請你相邀伴，知本洗溫泉，給你心快活……』」

早晨，寧奶奶拿著旅館老闆給她的〈你若來臺東〉歌詞，不停唱著，姊姊偶爾糾正一下她的閩南語發音，她也學得很快，頗有語言天分。

「石雨傘、三仙臺等東海岸的景觀很美麗，我以前看過。初鹿牧場也去過，

倒是沒去知本洗溫泉。時間太短，無法把歌詞裡的景點全跑遍，否則唱這首歌時一定很風光！唉，人老了，玩的速度慢。」她像個孩子般嘆口氣，隨即又興奮莫名，「還好昨晚吃到臺東釋迦了！神農青草茶也不錯。喔！『老東臺』的鹹米苔目真美味，還有隔壁的『林記臭豆腐』！七十年來，我從沒吃過這麼好吃的臭豆腐！用九層塔切碎來烹調耶！難怪大排長龍，還好後來你也吃了！」

子美想起昨晚，奶奶要她甩掉既定的討厭心理，勇敢去嘗試臭豆腐。她興味盎然的瞅著老人家。「奶奶，你怎麼能夠在說杜甫時，像個老學究；而提到吃和玩，又是個新新人類了？」

「這是我的訣竅。看過《牧羊少年奇幻之旅》嗎？書裡說：『幸福的祕密就是去欣賞世界上所有的奇妙景觀，但不要忘了湯匙裡的油。一個牧羊人可以熱愛旅行，但絕不能忘了他的羊群。』像我，把本業做得很好，也喜歡到處遊逛；我有成熟穩重的靈魂，也有天真活潑的赤子之心。」

姊姊說要向她學習，她更開心了。昨天我們逛了市區才到旅館，姊打電話問代班的外公關於「我」的狀況，便整理行李、梳洗睡覺了。還好寧奶奶不會磨牙、打呼，她睡得很沉，動也不動，使姊姊幾乎忘了她就在身旁。姊望著懷裡的我，還說：「不知這位老太太到底是誰。」

今日用過早餐，離開旅館，看見了早晨的臺東市，很是清靜寬闊！我們搭上八點的客運，往又名「黑森林」的「臺東森林公園」出發。沿途看見許多名字純樸、本土的創意店招或路牌，像「阿貓阿狗寵物店」、「妝水水髮型屋」、「震天響樂器」、「嬌滴滴美容體驗館」、「馬亨亨大道」、「嬌鶯阿婆壽司」、「粉鶯大腸麵線」、「豔麗化妝品」、「足甜蜜水果行」……

「太可愛了！」姊唸著招牌，突地，這一老一少竟異口同聲：「桂花湯圓！」兩人大笑。下了巴士，我們到車行租協力車，姊姊寄放了奶奶的小行李袋，把我放進背包裡，便載著老人家騎向森林公園了。

這個濱海公園入口不大，據說幅員卻極遼闊。進到裡面，果然見識到她的寬廣無邊，還有她的草坪、她的綠蔭、她的藍海；感受到她的清新、她的溫柔、她的秀麗！

尤其當那池碧綠水潭，靜靜的躺在森林之中，真讓人眼睛為之一亮啊！

這是知名的「琵琶湖」。我們停妥協力車，步上觀景涼亭，一覽山光水色。高大的木麻黃，用細絲狀枝椏寫意的素描出天空的線條；湛藍清澈的湖水中，水草和魚兒都清晰可見，藍天及綠蔭映照其上。而涼風輕拂，湖面還泛起層層漣漪。我們就這樣倚著木欄，靜靜欣賞醉人美景，好不愜意！誰都不願破壞這份寧靜，也不願起身離開。最後是遊客紛紛「殺」來，人滿為患，也因時間不多了，奶奶才要我姊開始往回騎。

屬於遊歷的行程結束，我們回到臺東市區，往正氣路走。雖無法逛遍、細賞整座森林公園，奶奶對琵琶湖仍念念不忘，直說景點安排得好。

「真美。」她讚嘆著：「此景只應天上有啊！」

兩人又笑。姊還逗她：「你在人間就看到了耶！恭喜你！」

午後，對照著地址，竟來到一家歌廳。姊正納悶，卻見奶奶氣定神閒的指指海報上寫著的名字，那是某位已過氣的「資深」男明星。奶奶說她好喜歡他的歌聲，年輕時常聽他唱歌表演。要子美買票後，她接著竟對服務員說我們已跟該明星約好了！姊姊驚訝，扯扯她的衣袖，但老人家十分堅定，服務員只好打

內線電話確認。

「葛寧小姐嗎？」後臺，化了妝掩飾皺紋的資深明星上下打量奶奶。

「老太婆了！叫姊姊就好。」她回答，竟帶著嬌羞。「沒錯，是我聯絡你的。」

「呃……」很明顯，他不認識她。「我沒見過你。為什麼你會每星期轉帳三萬元給我？」

杜子美眼若銅鈴，原來自己每週經手的款項是入到這人帳戶裡！

「我常看你表演，對你很熟。其實我是奉曾與你家交好的長輩之命，幫點忙而已。你會用到那些錢的。」

看得出他很為難，但奶奶又塞給他一個信封。「匯款隨時可能中斷，這是一點心意，你留著用。沒時間講太多了，我得趕火車。反正只是朋友相助啦，你要好好照顧自己啊。」

她一口氣說完，忙不迭告辭了。資深明星想攔，工作人員卻喊他，沒等他再回頭，我們已出了後臺。

「真可惜，下午三點才營業。」來到正氣路大街上，她指著馬路對面，向我

姊說：「『寶桑湯圓』耶！你的資料上說是必嚐的，但來不及等它了。」

杜子美一直處在震驚狀態中，這下嘴張得更大了。

火車上，奶奶倒像沒事般吃著「在叢熟」釋迦，那是她在站前買的，老闆還給了兩根小湯匙，讓我們在車上挖著吃。既不黏手，也不沾臉，奶奶喜歡這種吃法，一直很開心。

「『正是江南好風景，落花時節又逢君』。唉，他老態畢露嘍，身體也不好，有點落魄。」她突然嘆息。

姊姊問：「這好像是杜老爺的詩。說相逢時的落魄嗎？」

見子美主動提問，奶奶興致一來，打開了話匣子。

「杜甫這首〈江南逢李龜年〉作於西元七七〇年，我為什麼記得這一年呢？因為詩是暮春所作，而那年冬天，他就仙逝了。而且，同年春天，另一位大詩人岑參也去世了。

「要說重逢這一段，就不得不提杜甫人生的三大分期：安史之亂前、安史之亂中、南到蜀湘。而蜀湘期又有四川草堂、四川東部、夔州、荊湘四部分。我

們說過從夔州起，他的生活最是窮苦，這時還老了、病了；而荊、湘的流浪（即衡州、潭州等江南地方，今日湖南衡陽市、長沙市），更是漂泊不定。苦到最極點要算到了潭州，那時，離死也不遠了。

「草堂時期他雖然窮，但很安定，何以離開呢？因為……嚴武病死了。嚴武死時才四十歲，但在我們詩聖的生命中是不可或缺的人物，不只資助他金錢，還薦舉任官，非常幫他，對他影響很大。那年正月，杜甫的詩人好友高適病逝，四月，嚴武也去世了，他受到嚴重的打擊。嚴武一死，杜甫在成都無依無靠，於是舉家東下夔州，又開始流浪，想尋找生命的出口。最後，詩聖在冬天孤獨的病死於潭州一艘小船上，享年五十九歲。正是悲抑的〈登高〉寫後三年。

「杜甫少時天真活潑、才華卓越，也正是唐代盛世開元時期，他在洛陽的姑母家住時，與文人名士常來往，才會在作客時欣賞到李龜年的歌唱藝術。李龜年是當時專在貴族豪門演唱的著名音樂家，晚年流落江南賣藝為生，杜甫在江南潭州和他相遇，回憶當年在岐王宅和崔九府第聽他唱歌的情景。而思緒轉到眼前，開元盛世的繁華不再，自己少時的意氣風發也蕩然無存，晚春的落花正

是故人和自己此時際遇的象徵啊！別有顛沛流離、晚景淒涼的感慨。

「尤其『正是江南好風景，落花時節又逢君』，看來平淡簡單，像沒說什麼，卻充滿蘊含，令人感到深沉、凝重。這首詩是杜甫的七言絕句中，被公認最有感情、最富蘊義的一首，短短二十八字，竟包含了整個時代。」

「那位資深明星，也是曾經風光過，現在晚景淒涼嗎？」姊姊問。

「嗯。淪落到小歌廳賣唱，一週還只有一場。而且，其實他病得很嚴重。」

奶奶不再說話，兀自沉思。姊也不打擾她，拿出課本讀，又要段考了。

我們晚上九點才到家，外公正在看電視節目的歌唱比賽，是一些已出道但未「大紅大紫」的歌手明星競爭再次出唱片的機會。姊為我做好該處理的事項後，便梳洗整理，開始溫書。不久，剛下班回家的媽媽進來，說法院下週四判決，我們可能要搬家了。

【杜子美高聲朗誦】

〈江南逢李龜年〉

岐王宅裡尋常見，崔九堂前幾度聞。
正是江南好風景，落花時節又逢君。

【寧奶奶智慧語譯】

許多年前，我時常在岐王府裡看你的演出，也有好幾次在崔九堂前聽過你的歌聲；沒想到多年以後，在這風景美好的江南，春日將盡、花兒已落的時節，又與你重逢了。

【杜拾遺獨家傳祕】

此處的「落花時節」指的是「暮春」，為「借代」法，在此又象徵一個人或時代的繁華老去。以「落花」、「逢君」，無奈的慨嘆世事滄桑，尤其是「今不如昔」的重逢。寫作時，最常用在人生的坎坷變化上。

第五章

沒有不可能

幾時杯重把？昨夜月同行

是不是最近都在背杜詩，
得到杜老爺的保佑啊？

「搬去哪兒？」姊姊問。已出庭幾次的媽媽，照例搖頭嘆息。

我家真是個麻煩家庭啊。我想像我們母女三人佇立雨中的景況……不，我還無法「佇立」，還是躺在那張病床上。

幾天後，法院判決下來。結果，那的確是我們的土地！哈貴婦付錢被土地掮客騙了，那也沒辦法。曾祖父當年買下這塊地，後雖被畫為道路預定地，不能蓋高樓，才簡單砌了草堂；但因地寬不到四米，前後又已有小巷，市府徵收闢建為道路不太划算，所以多年來從未被通知徵收過。

總之，終於暫時免除流落街頭的命運了！媽媽高興的帶回這個消息，我們頭一次看見她下班後身軀仍然挺直，精神且如此激昂，還流下了眼淚！那是壓力釋放後的欣喜眼淚。

「子美，我沒有你……堅強。」

我們的視線都驚訝的投向媽媽。這話看似普通，但如果你的母親昏沉悲傷已兩年，甚至這一年沒跟自己的孩子互動，也沒叫過你的名字，現在突然來上一句充滿主動性思考的直述句，你肯定也會嚇壞的！以她兩年多來的狀況看，這一刻的表現足以「驚天地，泣鬼神」了！想來是房子的事底定，有些回魂了。

「你一天幾乎工作十二個小時耶，媽。」姊姊有些感動的輕揚嘴角，那些母親一蹶不振的往事，都不算什麼了。

「那……也是我唯一可以不必……整天待在這個家的機會。」媽媽哽咽著。

「很多時候，我是茫茫然的；也有很多時候，我在逃避……」

面對這番剖白，杜子美站了起來，擁抱她「恨榜」裡的第四順位。

「媽，很多人逃避待在家裡的做法，不是墮落玩樂就是選擇離開。謝謝你，

並沒有那麼做。」

母女倆擁泣時，杜子美知道，「恨榜」名單已自動刪除了一個。她一向清楚自己和很多同齡女生不同，她喜歡成熟、另類的東西，甚至把「勤儉」當作一種新的流行主義來奉行，連與「麻煩」結下不解之緣，都覺得挺適合自己風格的。

而一直以來，「恨榜」總是能讓她倒背如流，但現在想想，包括臭豆腐，那許多曾經討厭、憎恨的項目，竟已所剩無幾。

都要感謝寧奶奶！她喃喃說道。接著想起什麼似的，跟母親表示要通知寧奶奶這個好消息。打了電話卻沒人接。啊，都晚上十一點多了，奶奶應該在睡了，她說。於是隔天週五上學時，她先跑到「寧居」去敲門，沒人回應。一定還沒起床吧。等到放學後她再次趕赴「寧居」，一樣吃了閉門羹。這麼剛好，出門啦？她不停對我說，其實是對自己說。週五那一夜，她突然感覺沮喪又孤寂。

直到週六旭日東昇，寧奶奶一早就到草堂來探望我時，姊才精神振奮，說了昨日找過她。

「星期五我大部分都不在啦！」奶奶揚揚手，接著眨眨眼，「週五電影日嘛，

跟我先生！」

這是奶奶首次談起丈夫，姊也對她眨眨眼微笑，然後說起草堂的好消息，還誇張的表示從沒像現在這樣熱愛草堂、覺得草堂好珍貴！

「不必當遊民了！是不是最近都在背杜詩，得到杜老爺的保佑啊？」

奶奶聽了大笑，看起來很開心。「小妮子，你雖然外表很酷，但挺受教的，我跟你投緣！有道是『人生交契無老少，論心何必先同調』。不是嗎？杜甫〈徒步歸行〉裡的一句。」

「奶奶，是不是因為我討厭杜甫，你才一直講杜甫？」

「不是，一切都歸因緣，而我認為這是個好因緣。你覺得呢？」

「嗯。」姊姊點頭認同。「我學到了不該因自己名叫杜子美，受到嘲笑，就討厭那位杜子美，實在太幼稚。我會那麼幼稚，是不了解他；而愈了解他，就愈欽佩他。我知道他出自長安杜陵，又曾在少陵住過，所以又被稱為杜少陵，還自稱『少陵野老』、『杜陵布衣』。遠祖杜預是西晉名將，祖父杜審言是初唐詩人及文官，父親杜閒做過縣令。他因身體不好，母親又早死、父親在外為官，

所以從小就被送到洛陽姑姑家住；但他年少就展露文才，二十歲時開始效法司馬遷南北壯遊。他的創作豐富，一生寫了三千多首詩！留存下來的有一千四百多首。而且風格多元，總是走在時代前面。

「明末清初的金聖嘆把《莊子》、《離騷》、《史記》、《杜詩》、《水滸傳》、《西廂記》評為『天下六才子書』；全中國有不計其數的杜甫紀念堂，世界和平理事會還把他定為世界文化名人來紀念！」

「哈！更是公認最偉大的中國詩人！」寧奶奶眼睛大亮。「你做了功課！很好啊！杜子美，我真的覺得你應該以和杜甫同名為傲的！你知道我有多嫉妒嗎？」

「呵呵。其實……他也已經不在我的『恨榜』裡了。」姊姊吐吐舌頭。接著，向老人家說起母親的變化，手舞足蹈的，春風滿面。

「不過最重要的是認識了你，奶奶，謝謝你。」

奶奶笑，瞅著我姊一會兒，才說：「你聽過杜甫的『幾時杯重把？昨夜月同行』嗎？沒有？好，是他的〈奉濟驛重送嚴公四韻〉。嚴公就是我們說過對杜甫十

分幫助的嚴武，他在玄宗、肅宗、代宗三朝都任高官，還帶兵打仗，政績也好，所以杜甫其實很佩服他的成就。

「這一年，玄宗、肅宗都駕崩了，代宗召了人在四川的節度使嚴武回朝廷，杜甫再次送別，寫了這首詩。他可是送了一程又一程喔，直到二百里外的奉濟驛，都還依依不捨。隔天，他回想昨夜的送行與飲別，有月亮陪伴，但不知幾時才能與知遇如此之深的好友再次把酒共飲啊！更嘆知交的離去，使他只能回到浣花溪邊的草堂寂寞的度過一生了。『江村獨歸處，寂寞養殘生』，這是很棒的送別詩，情深意長。」

「但為何講這首？」姊姊歪斜著頭，狐疑問：「奶奶要離開天母了嗎？」

「別那麼敏感。但話說回來，我們總有一天要分別的，等我完成三個使命。呃……不過你可以到我老家看我。」

「好，那你記得給我住址喔！還有，是什麼使命啊？」姊回頭看看我的身側。「啊，等一下再說，我先幫小雅倒尿袋！」

奶奶要她先忙。待她出了房門，奶奶便移步對著我直看。

「小雅，你要奮戰，快快回來啊！唉，人生交契無老少。幾時杯重把？黃四娘家。」

我覺得我的眼皮動了一下，似乎有什麼弦外之音？我還思考著時，聽到老人家開門走了。

呃，黃四娘？那日天世門口的長鬚老者是不是也說過什麼四娘的？還是四羊？似梁？賜娘？

【杜子美高聲朗誦】

〈奉濟驛重送嚴公四韻〉

遠送從此別，青山空復情。幾時杯重把？昨夜月同行。

列郡謳歌惜，三朝出入榮。江村獨歸處，寂寞養殘生。

【寧奶奶智慧語譯】

我遠送嚴公到了奉濟，從此便要別離。青山也似含情佇立，跟了幾轉，仍戀戀不捨，離情依依。昨夜皎潔的月亮與我同行送別，我們在月下飲酒敘情，何時才能再次把杯長談呢？你在玄宗、肅宗、代宗三朝連續任官，皆榮居高位，頗有政績；這次東西兩川各郡人們都謳歌惋惜你的離任。而與你分開後，我孤單回到浣花溪畔的草堂，只能寂涼無依的度過風燭殘年！

【杜拾遺獨家傳祕】

與人分別而又希望再次聚首時，可引用之，兼以回憶送別時的景物、心情。「幾時杯重把？」有「問蒼天」的無奈，也使用了設問法中的「懸問」（疑問），只懸示問題而沒有具體答案，讓讀者自行尋找答案。「月同行」則是「轉化」，將月亮擬人化了。

出師未捷身先死，長使英雄淚滿襟

沒人聽懂他吼叫的內容，
卻看出他釋放長時間的自責壓力，
喜極而泣了！

星期天一早，我又上天世穿梭，看見的人愈來愈近，愈來愈清楚，數量也愈來愈多了。金髮、紅髮、白皮膚、黑皮膚等，更是前所未見！

其中有一位看起來像愛因斯坦的人，喔，那根本就是他嘛！一頭招牌白髮和嘴上白鬍，太明顯了，且身邊圍著許多與他討教、辯論的人哪。天，那不是爺爺嗎？我揉揉眼睛，說實在的，我不大確定，爺爺奶奶去世時我還小，只有六、七歲吧！現在，我甚至還瞥見形似寧奶奶的透明人影在另一頭和長鬚老者說著話呢！

怎麼可能！我拍拍自己昏沉的頭。不過寧奶奶昨天竟然就那樣走了，姊找不到她，今天她也沒聯絡。這倒讓我提起膽子，離開一直待著的欄柵，走向那扇我總是不敢進去的高聳大門，守門人還對我揮揮手。

或許是能力不足，當我一碰到門上的銅雕欄杆時，竟劇烈的頭暈目眩！這一眩，更令我驚訝的是，我見到爸爸了！清清楚楚的！

像放映電影，我目睹爸爸跌下山谷，頭破血流的過程！而下一秒，他已埋頭畫著設計圖，那是我熟悉的背影。我想喚他時，卻又轉到另一個畫面，長鬚老者已和朋友坐著泡茶，還隔著一道籬笆呼叫守門人過來共飲，這不是……當我努力轉動腦筋思考、回憶時，須臾間，又有一個老婦的聲音響起，爸爸放下圖，走向前門應聲而去。我從他後頭奔近，看見設計圖上標著「杜甫的豪宅」！

我強使著力，舉手推開銅門，想去拉爸爸，不料手卻被一道莫名的抓狂力量拉住，而且聽見姊姊驚人的呼叫聲！

「小雅！怎麼了？啊——小雅！不要走！把手給姊姊！把手給姊姊！」

她喊我，也喊媽，聲音大到震得我彷如聽到「金毛獅王」的獅吼功。我又似

遭遇雷殛般，全身麻痺，動彈不得！隱約還聽到：「小雅！杜子雅！你給我回來——」

一陣天旋地轉，我痛苦的睜開眼，搞不清身在何處。也許我被雷劈到了？但，天啊，我看見姊姊了，她也死了嗎？只見她抱著我大哭，說我總算醒了！

總算醒了？我感覺手臂疼痛，望去，只見上頭盡是被用力拉扯的紅腫。

寧奶奶說得沒錯，我姊的「力量」真的很大。我慢慢回復思緒，媽媽衝進來看剛剛甦醒過來的我，說不出話。

「姊……媽，爸……」

知道自己在活生生的人世後，來不及享受團聚的喜悅，我急著想說出爸爸的事，但太久沒說話，肌肉和舌頭都不聽使喚。

「小雅！小雅……」

淚流滿面的姊姊仍然緊緊圈住我，在我臉上又親又吻的，讓我充分感受到「涕泗縱橫」。媽媽也淚如雨下的握著我的手，她似乎和我一樣，不能言語。

「姊……我看，爸……」

我很努力的嘗試想控制嘴巴、發出聲音，但姊姊叫我別急，昏迷了那麼久，以後好好的，慢慢的做復健，一定能夠痊癒的。

「姊陪你做再久的復健都可以，你醒了是最重要的！」她吸吸鼻涕。

「子美！你在房間嗎？大門沒關耶！分組討論要快點——」

我們都望向房門口的來客——儷曉和博樂，他倆見一室如此不尋常畫面，整個呆住了。

「我的天……是小雅醒了嗎？」儷曉先衝過來。「真的醒了！小雅！」

儷曉喜出望外，頻讚我「好棒！」博樂的樣子是既亢奮又結巴，只能對著我大聲哭吼幾句，沒人聽懂他吼叫的內容，卻都看出他釋放長時間的自責壓力，喜極而泣了！

「在……天上看見……爸爸……」我回復了不少精神，力圖表達。

「你看見爸爸？在……天上？」姊姊按摩著我的手腳，重複我的話。

我點頭。於是，就這麼我一言、她一語，連儷曉和博樂也加入這項「超級猜猜看」。十分鐘後，我們合作完成了一個訊息的傳達：「小雅，你的意思是，爸

爸到山上勘景，不小心跌進山谷裡摔死了？他在天上生活，還畫著他投注了許多心血的那張設計圖？」

姊姊整理出這個結論，我再次使勁頷首。她望向一直站在床側的媽媽，全部的人都張口結舌。

一個昏迷一年的女孩，好不容易醒來，卻說在天上看見父親，而父親已死。的確很難令人相信。但氛圍就是如此奇妙，首先是媽媽掩面哭了出聲，然後我也淚汪汪，整個房間便充滿愁雲慘霧了。

我們擁泣。終於了解，父親不是不告而別，而是已經罹難了……我們號啕大哭，姊還搥打牆壁，氣自己居然誤會爸爸！

「『出師未捷身先死，長使英雄淚滿襟』啊！」見我醒來的喜悅還沒過足，儷曉便引詩哭道：「杜爸爸的夢想還來不及實現，就……」

那是杜甫初搬到四川成都浣花溪畔，修建了草堂，開始在蜀中過安定的生活後，春遊武侯祠所作的〈蜀相〉。杜甫憑弔諸葛亮的多才與忠貞，述寫他大業尚未完成，卻在率軍伐魏期間病死的惋惜之情。

「爸在天上……還做著喜歡的事……」姊揩揩淚，也順手替我擦臉。「這是唯一值得安慰的。現在想想，後來他連公司都沒回，就人間蒸發了。但他為那個案子投入太多太多，不可能就這樣放棄的，原來已經……」

「如果這些都是真的，那麼，杜爸爸到底在哪裡？」

恢復了說話功能的博樂，一開口便直指重點！大家看看他，然後面面相覷。接著，我姊才像被電到般，從我手上彈開，嚷：

「對啊！爸『人』呢？就算是死，也有個影子吧？」

「他一定被當作失蹤人口、無名屍處理了。」博樂說。「要找警察協尋嗎？」

姊姊皺起眉頭，轉向我。「小雅，你還看見什麼？那個山谷是什麼地方？」

我想了想，搖搖頭，稍後才道：「很多……花。」

「山裡都有很多花的。媽，歐叔叔曾說，爸好像提過那天要到東部勘景對不對？嗯，宜蘭、花蓮、臺東，都在東部……」

「要請警察發布協尋宜、花、東的事故無名屍嗎？」

「哈博樂！」姊姊突地瞠目大喊，緊接著卻又結舌，「別再提……那三個字

了……好嗎？」

「對不起。」博樂懊惱自己不懂人情世故般，滿臉通紅。但須臾間，他看見我，指著我問：「什麼？小雅說什麼？」

全室的人都轉而望向我，我則用目前為止最為字正腔圓的國語說出「四娘」、「四羊」。

【杜子美高聲朗誦】

〈蜀相〉

丞相祠堂何處尋，錦官城外柏森森。
映階碧草自春色，隔葉黃鸝空好音。
三顧頻繁天下計，兩朝開濟老臣心。
出師未捷身先死，長使英雄淚滿襟。

【寧奶奶智慧語譯】

諸葛丞相的祠堂該上哪兒找呢？原來就座落在錦官城（成都）外、松柏茂盛的地方。祠堂階前的綠草映著美好春色，隔著稠密的叢葉，還能聽見黃鸝鳥動人的啼叫聲。從前劉備三顧茅廬請諸葛丞相商計平定天下，劉備與後主劉禪兩代，都靠著老丞相一片丹心來開國、輔佐。後來丞相在討伐魏國的戰役中，還未得勝就先病逝了，使得世世代代的英雄豪傑，都忍不住為他感慨、悲傷，淚水溼透了衣襟。

【杜拾遺獨家傳祕】

以人寫情，常用在哀傷大業或願望尚未達成，卻身先士卒時，有「壯志未酬」之憾。其中「淚滿襟」使用了「誇飾」修辭法，指極為悲壯的情緒，屬於「人情的誇飾」，用以表達人類的情感或看法。

飄飄何所似，天地一沙鷗

杜子美不肯輕易放棄，

她端出麻煩小姐的專長——找麻煩！

我想念爸爸，尤其不知道他身後到底埋在什麼地方，著實讓我難過。大家都卯足了勁想「四娘」、「四羊」是什麼，我又何以說出這些話。

「我已經向餐廳請假了。」媽媽忙了一陣，又進到臥房來。「今天要好好陪小雅。我通知了許醫師，他說晚上就過來。他聽到小雅醒了，非常高興。」

不只我們姊妹，連儷曉和博樂都驚訝極了。媽媽已有兩年沒說過「這麼長」的話了！知道爸死了，她雖然眼淚潰堤，但心上似乎有了一股無奈的確定感：至少他不是拋家棄子。

「我很矛盾。你爸沒有遺棄家庭，但我寧願他活著，即使拋家棄子。」

「我忽然感受到杜甫的感覺了。」姊姊臉色罩上一種無依感。「『飄飄何所似，天地一沙鷗』。雖然這是嚴武去世後，杜甫失了依靠，攜家帶眷離開住了五年的草堂，旅途中感慨自己一生的漂泊和懷才不遇所寫下的〈旅夜書懷〉，但詩中說他就像寬闊天地間的一隻沙鷗，漂流不定，孤單無助，這不正是我們的寫照？」

「子美……」儷曉拉拉我姊的袖子。「你很棒啊，看你才把子雅叫醒了呀！」

我也拉拉姊姊的手，慢慢說出「質量守恆定律」六字。

「你懂『質量守恆定律』？喔，小鴨子是說，爸爸現在歷經化學反應，但總質量不會改變，只是由一種形式轉化為另一種形式？」

我點頭。我們仍然愛爸爸，只是形式不同，他會永遠留在我們的記憶中。

「有人……想起你，記憶起你的一切，生命就是……永恆的了。」

姊姊訝異，因為這是寧奶奶對她說的話，她昏迷的妹妹怎會知道呢？這時，我才緩慢的，簡單的講了「雙靈」和我的「魂靈」跟隨她看到一切的事。大家都瞠目結舌，我想他們寧願是聽聞了一個奇幻故事或看了一場奇幻電影。

「難怪我覺得娃娃的眼睛很有神！」我的姊姊不一樣，她興奮的搥掌道。「所以不自覺的就想帶著它，像帶著你一樣；跟它說話，像跟你說話一樣！」

「這是『瀕死經驗』嗎？」接著，博樂興致也高昂起來。「科學家說『瀕死經驗』是腦子在放電，想用力一搏！瀕死的人會看到一些景象，也能有感覺，而後來又活過來的人，也會記得這種感覺。」

我搖搖頭，說不大一樣，我已經「飛」了一年。

「小雅，那『四娘』還是『四羊』，是天上的人跟你說的？」我點頭後，姊繼續臆測：「那應該會有含義吧！但到底是人，還是關鍵物？地名？還是旅館名？」

「到我家查吧！我家有三臺電腦，一人用一臺查比較快。」

我們都望向發言的博樂。儷曉低聲對他說：「這不是給子美找麻煩？你不知道她跟你媽……呃嗯……嗎？」

見儷曉以「吞口水」帶過她與哈貴婦的過節，姊姊失笑。

「好！阿勃勒，就去你家！」

我很驚訝，姊姊竟然為了我……很難想像杜子美會有進哈貴婦家屋簷的一

天，只希望她們別打起來。

之後的事都是姊跟我說的。我醒過來的壞處之一，就是不能再穿梭天世，再去問清楚一點；之二，不能再附靈於娃娃身上，隨姊四處跑了。

「寧奶奶，昨天還在這裡，跟我說……」我試著使勁再提供線索：「人生交契無老少。幾時杯重把？黃四娘家。」

「黃四娘家？杯重把？」姊姊重複。「我看，我們就趕快去查吧！」

總之，他們同學三人便在博樂家用三臺電腦分別搜尋有關「四娘」的資訊。查了「四娘」、「四羊」、「似涼」、「黃四」、「黃四娘」、「黃賜陽」等旅館或店家，甚至是地方，都無所獲。

倒是搜尋時，「黃四娘家花滿蹊」一直出現，那是杜甫〈江畔獨步尋花〉詩中的一句，姊不自覺吟誦起她曾背過的：「『黃四娘家花滿蹊，千朵萬朵壓枝低。留連戲蝶時時舞，自在嬌鶯恰恰啼。』咦？」

「怎麼了？」儷曉問突然頓住的姊，「想到什麼了嗎？」

「我覺得，我是不是錯過什麼、在哪裡看到過什麼？」姊姊盯著空中的一個

點，絞盡腦汁想。「是什麼呢？『黃四娘家花滿蹊，千朵萬朵壓枝低。留連戲蝶時時舞，自在嬌鶯恰恰啼。』有！有個什麼！但，是什麼呢？」

「吼！」儷曉站了起來，又坐下去。

姊姊敲著自己的頭。「有個什麼……暫時想不起來，但是，我知道，我得到臺東去。」

「有沒有搞錯啊？」儷曉再度站了起來。「去臺東？」

隔天一早，他們同學三人各自向老師請假，要搭博樂家附帶司機的賓士車直驅臺東。姊說還是會帶著「小鴨子二號」，回來後也一定會向我鉅細靡遺的報告。週一是媽媽的公休日，可以照顧我仍虛弱的身體，大家都不贊成我出門。昨晚許醫師過來看我，吃驚之餘，要媽媽週一下午帶我到醫院再做詳細檢查。

於是，他們驅車駛過雪山隧道，經宜蘭，再走臺九線花東縱谷，越過池上、關山、鹿野，抵達臺東市。

「那時，我們去琵琶湖，應該說是騎協力車去臺東森林公園，那裡有個好美的琵琶湖，我們停了很久……」我姊不停唸唸有詞。

「你覺得『有個什麼』的關鍵是在琵琶湖那裡嗎?」博樂問。

「不像,應該是更早一點……我要倒想回去。」

見我姊進入沉思,博樂便跟司機叔叔說直接去臺東森林公園好了,說不定見到景色就能想起什麼。待沉思的杜子美抬頭,裝有「衛星導航」的汽車已開到中山路底,停在森林公園門口了。週一下午兩點的公園前,人跡稀少,對面矗立著原住民文化會館,橫向是馬亨亨大道。

「馬亨亨大道!」我姊突如其來一喊。「那天我看見這幾個字的路牌!啊,是店招!叔叔,請從這條路往回開!」

她想起了那天在巴士上看見許多招牌,純樸、本土得讓她直呼可愛。果然,沿途,她又一家家唸出來:「足甜蜜水果行」、「豔麗化妝品」、「粉鶯大腸麵線」、「嬌鶯阿婆壽司」、「馬亨亨大道」……

在儷曉笑著「粉鶯大腸麵線」的同時,我姊竟叫道:「嬌鶯阿婆壽司!」

「怎麼?你們有去吃阿婆壽司啊?」儷曉問著,還止不住笑。

「黃四娘家花滿蹊……」見姊姊又讀此詩,另兩人便合誦:「千朵萬朵壓枝

低。留連戲蝶時時舞，自在嬌鶯恰恰啼。」

「『嬌鶯』！『黃四娘家』！」博樂突然喊：「停車！」

司機踩下煞車時，汽車正好停在「妝水水髮型屋」前的馬路上。

「這就是『有個什麼』，」姊姊說，「很玄，但就進去問問，搞不好店家知道什麼。」

連同司機，他們走進「嬌鶯阿婆壽司店」。兩點半了，店中只剩一桌客人，而一個阿婆正專心切著薑絲。姊拿著爸爸的照片，請教她有否看過。

阿婆思考了一會兒，說：「記得有耶，但他不是摔死了嗎？」

姊的心一涼，難抑這種「被確定」的悲戚，立即淚眼婆娑。

「知道他被送到哪裡了嗎？」儷曉急急的問。

「不知道，救護車載走了。民眾也有報警，可能埋在什麼無名墳吧。」

姊姊非常難過，但無論如何也要帶回父親的屍骨啊！她強自振作，再問阿婆是哪個山谷、可以去找哪個派出所詢問等等，阿婆卻說不清楚，要他們別妨礙她做生意，而且一直偷看時鐘。

杜子美不肯輕易放棄，畢竟這裡是目前最可能問出爸爸訊息的地方！於是她端出麻煩小姐的專長——找麻煩，用一些諸如什麼穿著、幾月幾日被發現等細節叨擾老人家，讓老人家發起脾氣，說她兒子回來一定叫他「打趴」他們。

那桌客人聞聲，也紛紛問我姊到底要做什麼，何以一直糾纏老人家。

「阿母！蝦子和花枝都買回來了。」突然，一個男人搬貨進門。「我可以休息一下，畫畫圖嗎？」

姊姊他們的眼睛都掉了出來，因那阿婆所謂的兒子，竟是我爸……

【杜子美高聲朗誦】

〈旅夜書懷〉

細草微風岸，危檣獨夜舟。星垂平野闊，月湧大江流。

名豈文章著，官應老病休。飄飄何所似，天地一沙鷗。

【寧奶奶智慧語譯】

微風中，岸邊的細草搖曳，我那高聳著桅桿的小舟，在夜裡孤獨停泊著。天空的星星低垂、點點閃爍，使廣大的原野顯得更加遼闊；月影隨著奔流不息的長江水，湧盪到天邊。我因為文章寫得好而聲名大噪又如何？官途卻因我又老又病、遭到排擠而坎坷不順，只能死心休止了。我的一生漂泊不定、無所歸宿，像什麼呢？就像廣闊天地間的一隻孤單的沙鷗罷了。

【杜拾遺獨家傳祕】

本詩的空間感帶來無限的孤愁，但無法實現理想的憤慨，也是表達的重點。其中「飄飄何所似，天地一沙鷗」是以物喻情，將自己「譬喻」、「轉化」為廣闊天地間的孤單沙鷗，可以直接運用於敘寫「漂泊、無依」的文章中。

第六章

天生「好」麻煩

好雨知時節，當春乃發生

我們立於門邊，
愕然凝視這混亂且令人不解的一切⋯⋯

那阿婆所謂的兒子，竟是我爸！姊姊他們的眼睛都掉了出來。我爸見到我姊，先是錯愕，再是抱住頭，然後高吼一聲，昏了過去。所幸離他較近的博樂和司機叔叔及時攙住他，大家扶他坐進椅子，客人了解是私事後便行散去，阿婆拉下店門，我爸也醒了。

原來，爸爸跌下山谷，頭破血流，不久便昏死過去。一早就去健走的阿婆發現了，她扶起半有意識、不知躺了多久的他，先把他攙回不遠處的住家。阿婆的亡夫曾是中醫師，她也懂得一些救傷要領，於是用藥為他止血，想讓他休息一會兒再帶去醫院，若喚不醒就準備叫救護車了。誰知我爸不久後醒轉，竟忘了所有的事，從此失去記憶。獨居的阿婆考慮了一小時，決定留下他，私下再尋求關於腦震盪的治療注意事項，而逢人便說她遠在美國的兒子回來幫忙了⋯⋯

「我很自私⋯⋯」嬌鶯阿婆老淚縱橫的對一室鼻酸的人說。

她老了，不想去美國重新適應環境，就一直顧著開了十年的壽司店。而那天，天上掉下一個人，一個不記得自己是誰的人，她便把對丈夫、兒子的思念和渴望有人陪伴的心，全投射在這個人身上。她悉心照顧他、檢查他的背包，把裝有他所有身分證件的皮夾藏起來；她對他說，他的妻子離開他，他回臺東老家後摔傷，弄丟了皮夾，也弄丟了記憶。

「嗚⋯⋯我兒子和洋媳婦定居在美國，經濟條件也沒有很好，幾年沒回來過。老伴走了，我一個人⋯⋯過生活，嗚⋯⋯很久了⋯⋯」

孟子說：「惻隱之心，人皆有之。」面對如此境遇的灑淚老人，大家情緒雖然激動，卻也不忍苛責，包括兩年沒有父親的我姊，和叫了別人兩年「阿母」的

我爸。

我爸隱約想起一切，摟著已泣不成聲的女兒，也淚如雨下；在知悉這兩年家中慘烈的情形後，更是掩面大哭。他隨即決定暫別臺東和阿婆，直衝臺北。

當我在家中客廳看到他們回來，竟帶著我以為已經死去的爸爸時，真覺得他們三人……嗯，「同學少年都不賤」，實在太棒了！

我媽又昏倒，就像去年一樣，連續兩個刺激，她承受不了了。還好這次都是好事。原來，我看見爸爸的畫面，是事發片刻的真實情況，以及他目前生活的實錄。大家不得不對我讚嘆：實在太「神」了！

我和姊姊討論寧奶奶「人生交契無老少。幾時杯重把？黃四娘家。」幾句簡直像「開示」的話，才是佩服到想膜拜她呢！但寧奶奶沒再打電話找姊姊做事，姊想跟她報喜訊，便跑了趟「寧居」，卻無人應門。連續幾天，仍杳無音訊，連儷曉和博樂放學後都出馬了，他們查前探後的，感覺似已人去樓空，連鄰居都碰不上。

週六，爸媽分別在工作處所，儷曉和博樂來訪，仍不見寧奶奶光臨草堂。

我們很想念她，談起她是那樣好的人……

「奶奶雖然不是《佐賀的超級阿嬤》，甚至跟我們素昧平生，卻關心、幫助我，常為我打氣。在潛移默化間，指點著我的人生。」姊姊凝望大門，回憶道。

「她對人親切、大方，還會講很有哲理的話。」儷曉也幽幽的說。

「好雨知時節，當春乃發生。隨風潛入夜，潤物細無聲。」我吟起杜甫的〈春夜喜雨〉。「好雨，知道什麼時候來最好，知道隨著春天的和風，在萬物渴求和人們熟睡的夜晚悄悄降臨，且不多言，不打攪人，只纖細、默默滋潤著大地萬物。如細雨般無聲，也能『風行草偃』的影響他人，是一種非常強大的感染力量。寧奶奶就是這樣的好人。姊，我從未見她對你疾言厲色，她甚至是給予自尊的援救了我們，我看了總是很感動。」

「對，她及時幫助了我，還讓我覺得是靠自己的力量。」姊姊頷首，隨即又悵惘呢喃著：「還把我當親人，當作好友，我卻連她從哪裡來都不知道……」

「子美……」儷曉的語調安慰。

「不知道奶奶是不是平安，有沒有回到家人身邊呢？」我姊盯著屋頂，緊接

著，輕淌下淚。「我們家的屋頂，也是因為她……才修好的，而我都還沒完成一月份的時數。雖然她一開始就說過，有一天若不再見我了，就是終止雇用，要我得有心理準備。但……難道不能說個……再見嗎？」

「姊姊……」我想起什麼似的，微弱出聲。

「之前她也說我可以去她家看她的呀！那又為何不留住址呢？咦？儷曉！」姊姊一驚，問著好友：「寧奶奶不是你媽媽的朋友嗎？她介紹寧奶奶來找我打工的！」

「是嗎？」儷曉微斜著頭想。「我沒聽說過耶，不過，問問看好了。」

在儷曉撥手機問她媽媽時，博樂指著我，說：「子雅要說什麼嗎？」

這陣子博樂總注意到我，還是很關心我的狀態。而當姊姊望向輪椅中的我時，儷曉已經宣布：「號外、號外！桂花小姐說她並不認識這個寧奶奶，那天她來吃湯圓才第一次見面而已！」

我和姊姊對看，訝異不已。我緊接著跟姊提，想起在天世門口曾見到很像寧奶奶的半透明人，不知是不是她？她後來會不會和我一樣，都是陷入昏迷的

「雙靈人」？

不會吧？全部的人下巴都快掉下來了。但經歷過我的例子，他們寧可信其有，不再堅持某些與科學觀點不符的事情。

「醫院！」杜子美突然彈了起來，喊道：「我們常陪奶奶去的那家醫院！快！」

他們同學三人立刻往大門走。我一急，大聲叫：「我也要去！」

爸媽已帶我到醫院仔細檢查，醫生確定我是個奇蹟，而且要歸功於我姊的照顧，使我的肌肉、筋骨都沒有退化！只要好好調養、復健，不久就會跟一般孩子沒兩樣。只是，我目前還沒有完全恢復行走能力。

他們回頭看看我，姊立即過來推動我的輪椅，說還是可以上捷運，只是上一般公車會很困難，不然搭計程車好了，非常時期嘛。

「就是非常時期，」博樂拿出手機撥號，「我家的車不在，我們叫車吧！」

於是他們帶著我這「拖油瓶」，和忐忑不安的心，搭上博樂火速叫來的計程車，往那家我們曾到過多次，卻不曾進入的醫院飛奔而去。

之後，在醫院詢問處、護理站等處不斷查詢，都無所獲。博樂推著我，和兩個女生奔馳在新舊大樓間。

「葛寧？確定在本院？我的電腦查不到。請離開好嗎？去總詢問處問吧，或去新棟大樓，我們還有很多事要做。」這層樓的護理站護士，無奈兼無情的下逐客令。

「我們已經在大樓間跑了好久，再查一下啦！應該就在你們醫院，這裡是唯一的線索！」姊姊仍然哀求。

「就說我這裡沒有嘛！你們簡直故意找麻煩！」

此刻，杜子美的怒意整個被燃燒起來，只見她振臂大呼：「沒錯！我就是找定這個麻煩！我不相信，我不相信這間大醫院沒有葛寧這個病人！」

姊姊的眼眶含著淚，瞪視那位護士，整個護理站及走廊一時鴉雀無聲。輪椅中的我，傷心拉著姊姊的衣袖。

「對不起，她急著找奶奶。」儷曉連忙緩頰：「拜託再幫我們查一下，一個七十歲老太太，白頭髮、戴眼鏡，叫做葛寧。」

「請問，你們是要找……」一個醫師模樣的中年女子突地出聲，更緩步走向我們：「是找『諸葛寧靜』嗎？她是我母親，會簡稱自己為『葛寧』。」

杜子美先是一驚，接著和我們一樣感到困惑，不知如何回答。

「『諸葛寧靜』會簡稱自己為『葛寧』，是你們要找的人嗎？她是我母親，我叫藍蕾薇。」

蕾薇！姊姊的臉頰一亮，雙眼大張，「蕾薇！你是『小蕾薇』？」

這位年紀比我和姊姊想像中要大上很多的「小蕾薇」，竟害羞的點點頭。

我們定睛凝視著。「小蕾薇」果然很瘦，除了年紀，一切就如寧婆婆提到的。

她問是怎麼一回事，我姊只稍講個大概，說寧奶奶在天母生活了將近兩個月，雇用她當小書僮，一個星期前卻人間蒸發了。

蕾薇醫師眼若銅鈴，接著腳步踉蹌，癱靠在牆邊。她的臉色比醫院的牆還要白，姊姊攙住她，頻頻問：「阿姨，你還好吧？」

「你叫什麼名字？」她的嘴唇發顫。

「杜子美。」姊姊回答，並主動說：「是，跟那位杜子美老先生一樣的字。」

她愣了愣，再突如其來一笑，那看似詭異的笑中，帶著了然一切、不得不信這一切的味道。

「我母親說的最後一句話，」她直起身子，領著我們向前走，「就是『杜甫院長要聘我當客座教授……』她幾年前還在大學教書，是杜詩專家。」

我們都笑了。姊姊說：「難怪她對杜甫這麼了解！還要我背杜詩！」但，須臾間，姊姊收起笑容，甚至面如死灰。「最……『最後一句話』？什麼意思？奶奶怎麼了？一星期前她還好好的！」

「杜子美，希望……你還來得及見她最後一面。」薔薇醫師的表情嚴肅又脆弱。「一切都得靠你們奇異的緣分了……」

一行人停在隔了兩層樓的五四五單人病房。姊姊盯著與她一樣高的「小薔薇」，過了十秒鐘吧，她毅然決然打開了房門——

房裡充滿了人，有很多醫師，還有不少孩子。薔薇醫師出聲要那些人讓讓，於是我們一眼看見寧奶奶，她果然無意識的躺在病床上。

杜子美立刻跨步上前，抓著老人的手，哭喊：「寧奶奶——」

我們也圍到病榻前，想到才一週的時間，她已脆弱如此，不禁紛紛拭淚。眾人不知我們是哪裡來的孩子，只能輕聲安慰，並拉住我姊，因為這位悲傷得無以復加的「陌生人」，正使勁擁抱著病人。

但杜子美可不管，她持續摟著老人的肩，講述後來我家的變化，還哭訴她們兩個月來的老少扶持之情，要老人醒過來，再教她杜老爺的詩……

「這孩子是誰？在說什麼？」大家議論紛紛，但也都受感染而流了淚。

「你說跟我投緣的！你在我孤伶伶的時候拉我一大把！奶奶！你不能走！」姊姊已滿臉涕淚，卻句句由衷、字字鏗鏘。

我也不禁號啕大哭，沒有人比我更了解她們之間的情誼。室內的小孩也跟著喊「奶奶」、「外婆」，全數沉沒在無盡的悲慟裡。

「我還要帶你去擎天岡滾草原的！你怎麼能這樣走了！奶奶——」

就在此時，老人的手竟動了一下，姊姊見狀，拚命抓住她，緊接著便發出驚人的呼叫聲！

「寧奶奶——把手給我！奶奶——你回來——」

想當初，我就是被這聲音喊醒的！於是也跟著姊姊一起喊，還跌下輪椅，緊抓住寧奶奶的手。全室躁動著，所有的人都齊聲大喊：「奶奶──」

當寧奶奶的眼睛慢慢張開時，一室悲慟的淚珠瞬間爆開來，緊接著歡聲雷動！姊姊驚喜的摟著她，我們哭得更大聲，也才發現，一室的醫生都在叫：「媽──」

「媽！你終於醒了！」

「媽！你躺三個多月了啊，現在終於肯醒了！」

我們幾人，頓時瞠目結舌。醫生群爭著上前檢查甦醒過來的老人，杜子美愣愣的站起來，向後退；杜子雅愣愣的被抱起，向後退；黃儷曉吃驚的呆若木雞，無法動彈。只有哈博樂，震撼之餘，還能將三個女生都拉開，再一起立於門邊，愕然凝視這混亂且令我們不解的一切……

這段日子的畫面，如紀錄片般在我們周遭真實且快速的放映著，每個看似尋常的對話與對待，原來都暗藏玄機，原來都有注定的深意……

稍後，我全明白了。

一樣都是陷入昏迷的雙靈人，我只能躺著，或透過娃娃、跟著姊姊看世上一切，寧奶奶卻能幻化成形，四處遊走、探訪，能吃能喝，做所有一般人都能做的事。難怪她提到家人就泣不成聲，因為覺得快離開人世了。她無法現身跟親人道別，所以，常赴醫院，不是為了探病，而是去看家人、兒孫，因為他們都會在週六齊聚病房，陪著已昏迷多時的老人家。

這時，薔薇醫師跑過來親吻我姊姊，笑著哭道：「三十分鐘前，我就知道一切都得靠你了！靠你們奇異的緣分！謝謝你！杜子美！真的很感謝你！」

後來，我只記得，博樂把呆掉的我們全送了回家。

【杜子美高聲朗誦】

〈春夜喜雨〉

好雨知時節，當春乃發生。隨風潛入夜，潤物細無聲。

野徑雲俱黑，江船火獨明。曉看紅溼處，花重（又音ㄓㄨㄥˋ）錦官城。

【寧奶奶智慧語譯】

好雨懂得滿足需求的時令節氣，當萬物萌芽生長的春天，它就適時的降臨了。隨著和風，在夜晚悄悄下著；纖細的雨絲，默默無聲的滋潤著萬物。烏雲使野外的田間小路漆黑無比，只有江上的船，燈火特別明亮。到了清晨，遙看那沾滿雨水的紅色花叢，整個錦官城（成都）都是紅豔豔、一層又一層的美麗花海了。

【杜拾遺獨家傳祕】

本詩將雨「擬人化」，在描寫春雨，或春夜雨後清晨的繁花似錦，都可以運用。另外，亦可引申形容「好人」似的好雨，或是「好雨」似的好人。

白日放歌須縱酒，青春作伴好還鄉

沒什麼啦，
我只是對「穿梭星河中小學」挺感興趣的……

「寧靜阿媽」說今天要來草堂坐坐。

過去三個月，我們常去探視「寧奶奶」，爸媽也都去感謝過她了。她甦醒後，漸漸復原，我和姊姊決定改喚她「寧靜阿媽」，現在流行「本土」嘛。

她對我們的稱呼欣然接受，還說她經歷了「質量守恆定律」，她還是她，可算是由半死不活的「葛寧老人」，轉化為生龍活虎的「寧靜阿媽」了。

我上學了，姊姊仍然沿襲之前的習慣，孜孜不倦的幫我補功課。而一場生離死別，父母感情比以前好了；媽媽卸除壓力，日日春風拂面，更因以往的工

作表現，被老闆任命為新的餐廳經理。

爸想起所有事，恢復上班，工作也已上軌道。他所負責的大案子，就是那五大棟兼具美感的草堂式平價集合住宅，正式命名為「杜甫的豪宅」，半年後動工。他還常去臺東看嬌鶯阿婆，回來後，我們總是有許多壽司吃。對了，嬌鶯阿婆真的姓黃，還排行老四，我們不免又要讚嘆：真是太神奇了！

還有，原來寧靜阿媽是三國時代諸葛亮的後代耶！難怪她說崇拜諸葛亮。這是薔薇阿姨告訴我們的，奇的是，諸葛孔明人稱「臥龍」，而寧靜阿媽的家就在臺北市的臥龍街呢！她的名字就來自諸葛亮草廬中的門聯「淡泊以明志，寧靜以致遠」。那天那些醫生群，三個是她的兒女，兩個是媳婦、女婿，還有堂兄弟，家族的人都當醫生耶！

「孔明家的家訓是『不為良相，便為良醫』。」薔薇阿姨說。「所以我們大都從醫，只有我母親怕見血，從文。呵呵！」

在薔薇阿姨陪同下，寧靜阿媽於美麗的春天，拄著枴杖蒞臨寒舍了。

「我的原則很簡單！」姊姊在開門時，特意提高音量。「就是『花徑不曾緣客

掃，蓬門今始為君開』——」

寧靜阿媽兩眼發亮，朗聲大笑。在擁抱我們時，還說：「喲！我可扎扎實實抱到這兩個小痲煩了！不曉得多盼哪！出門前，我簡直是『漫卷詩書喜欲狂』！」

四人隨即合誦：「白日放歌須縱酒，青春作伴好還鄉。即從巴峽穿巫峽，便下襄陽向洛陽！」然後笑開懷。

她對我們眨眨眼，習慣性的解釋：「對！這是杜甫『人生第一快詩』，痛快呀！他為安史之亂的官軍勝利而歌唱，有強烈的愛國、愛鄉情感，但那種喜上眉梢的愉悅和歸心似箭的心情，不就是我現在這個樣子嗎？」

「還說！把我們嚇死了！」姊姊扶她坐下。「醫生都說你進入彌留狀態了！」

「就是啊！其實我病了半年，差點就能到天上陪藍老爺每天看電影了。我是不強求啦。不過實在不習慣子孫們欣喜若狂的樣子，很吵；但我會醒，好像也歸功於某人和她妹妹很吵喔？」

我們又咯咯笑，永遠記得那場景。後來我們雖然常去醫院探視寧靜阿媽，但那兒人多，不太方便說「體己話」，現在在草堂，姊姊決定一探究竟。她先敘

述了我們知道的事，一些科學無法解釋的事。

寧靜阿媽不停點頭，一臉讚賞。「沒錯，那時我也是『雙靈人』，但我不知道小雅也是。直到後來有一天，我在天世門前看見了半透明的小雅，然後杜甫院長要我快去通知她關於『黃四娘』的事。」

「那個長鬚老者是杜甫？」我驚訝的問。

「對。」老人家咧嘴笑。「還有，那個守門人，是他〈客至〉裡邀來一起喝酒的鄰翁；而他不是常牽著一個抱著茅草的小孩嗎？那是〈茅屋為秋風所破歌〉中提到的，搶他屋頂茅草的南村群童中的一個！你說他是不是很有愛心？到了天上還照顧那孩子！」

我們都聽得目不轉睛。姊姊問：「你為什麼到我家來？這一點我還是不懂。」

「你沒到過天世，不會懂，就算是小雅，也一知半解吧？」我點頭後，她繼續說：「我更是慢慢才懂的！只知道凡事都有因緣，不會毫無意義的。我因為重病昏迷，徘徊在天世時，天世大學的杜甫院長，叫我用魂靈到天母真實生活一段時間，還要到『梧鶌路五號』找個女孩，給她工作，如此而已。我知道你叫『杜子美』時，訝異得不得了！深深感覺這背後一定有其含義。

「在接下來的人世、天世穿梭期間，院長陸續跟我說了『守護靈』、『三使命』等。人世的人，很特別的，都有一個仙世或天世的『守護靈』來保護、指導人生，守護靈沒有年紀先後的問題，對『守護體』也無人數限制。而諸葛亮曾是杜甫的守護靈，杜甫是諸葛家某世後代及我的守護靈！反正，『守護靈』發展至今，已是一個超級聯結網。在天堂，早已存在著密密麻麻的『網路』了！但不是每個守護靈都稱職，所以院長拜託我去幫幫嚴金倫，就是那個你說的『資深明星』，他是嚴武的後代。對，當年那個對杜甫恩重如山的嚴武。」

原來如此！我們想起臺東行的「正是江南好風景，落花時節又逢君」。

「那……杜老爺，也是我的守護靈嗎？」

姊姊膽怯的問，我從未過見她的表情如此理虧及懊悔，畢竟她有很長一段時間，可是把杜甫歸在「恨榜」裡頭的。

「不是。西班牙鬼才建築師高第是你父親杜威的守護靈，他覺得不能不救被遺忘在鄉野角落的杜威，而高第和杜甫在天世相當『麻吉』，杜甫和杜威的女兒

你，又有同名之誼。而照安排，我真的升天後的『守護體』，就是你，杜子美。」

姊姊杏眼圓睜，不敢置信。

「關係錯綜複雜吧？我後來才曉得，你現在的守護靈是你祖母，但她身體很不好，到了天世仍然軟弱無力。總之，我這昏迷著、行將就木的人，因此被『提前』指派了使命，一次可以幫助很多人就對了。而我所接受的指令都是斷斷續續的，他們那裡對所謂的『關鍵句』都不能明說。反正冥冥中，我最後總是能夠參透。杜甫院長稱讚我是個很棒的守護靈，不僅助人，還能幫人成長。他還說要上呈『天世立』扭轉乾坤綜合大學校長暨『仙世立』縱橫宇宙傳習大學院長——孔夫子，聘我當大學客座教授。誰知道，在天世門口的鮮花、人群正準備盛大迎接我之時，我竟被自己的『守護體』拉回了人間！」

姊姊露出「惹麻煩了」的誠惶誠恐表情，也顯得手足無措。薔薇阿姨則從頭到尾如暈如眩、閉不攏嘴，要不是我經驗過，應該也會像她一樣吧。

「沒關係！你沒惹麻煩。只是形式的問題而已，我以身為你的守護靈為榮呢！你可是杜子美呀！」寧靜阿媽摟摟我姊，再對著我，「子雅，你一定也想知道你的守護靈是誰吧？大詩人李白喔！」

「李白？」我複述著，一臉驕傲與榮幸，還有……誠惶誠恐。

「對，李白！不過他的守護體很多，他又常喝醉酒，所以杜甫院長都會幫忙看顧一下。但你在人世的守護者，無疑就是你姊姊了！你姊姊對你的愛，天世的人都十分動容。而且，她不斷悟出玄機，最後竟然還能找到我！太厲害了！」

我對姊姊甜甜一笑，有這樣的姊姊，真的很幸福。

「其實我覺得死後那個世界很有趣，可以看到各國各地的名人，所以魂靈常上天世走動。那天我還聽到他們在說，沒見過這麼執著又麻煩的孩子，硬是拉著妹妹的手不放；而她的妹妹，也很爭氣的以雙靈功能，幫忙救回了父親……」

是的，我們懂了。世間萬事的安排，都有其深意；每個節點，也都環環相扣，可以彼此影響。爸爸為什麼失蹤？因為要孝順孤獨的嬌鶯阿婆；我為什麼出車禍而昏迷？因為要找尋失蹤的爸爸；媽媽為什麼渾渾噩噩仍不忘工作養家？因為要激發出她人生的無限可能；姊姊為什麼得擔負龐大的一切？因為要確保這些任務都能順利完成！

所以，杜子美是所有事件的中心點！是槓桿中最不可或缺的支點！

而不走這麼一遭，我們會懂得珍惜家人之間、朋友之間的感情嗎？很慶幸的，我們沒有讓遺憾帶走一切，還能得到第二次的機會。但我和姊姊都深信，並非人人都能這麼幸運，我們也非次次都能如此，所以一家人比以往更為彼此珍惜。

寧靜阿媽後來常獨自到草堂來進行我們的「老少交契」，還會要我們姊妹倆帶她搭火車周遊臺灣，我們總是開心的陪阿媽玩。母親節時，爸爸帶了嬌鶯阿婆回來，我們也搶了寧靜阿媽一點時間，全家人一起吃媽媽和姊姊做的菜，過了個意義重大的母親節。

甚且，因為寧靜阿媽的話：「每個人都息息相關，要廣結善緣。而且，她的守護靈可能比較忙。」於是我家的「麻煩小姐」，竟提著栗子蛋糕前往哈家，向因捐客案白白損失三百萬元的哈貴婦致意，藉口是用過他們的車和電腦，使得一家團圓，特來感謝。哈貴婦沒有說話，這倒少見。杜子美走出哈家時，跟送客的哈家大公子博樂眨眨眼。

麻煩小姐的「恨榜」，一下子就移除了很多項，她還在「愛榜」裡增加了「諸葛寧靜小姐」和「杜子美先生」。

「這塊小地不能蓋高樓，也可能被徵收，但地價已漲了一百倍，是博樂透露的？」寧靜阿媽問。我和姊姊、儷曉陪著她在草堂前賞花，她帶了之前提過的十幾本書來送我們。

姊姊點頭。儷曉說：「阿勃勒很理性，正在幫他媽媽向那騙子提出告訴。好險，這塊地差點被搶走，草堂也差點被夷為平地。」

寧靜阿媽站起來，凝望這只「倒扣的大紙箱」上緣，一個家燕築好的巢。

「『兩箇黃鸝鳴翠柳，一行白鷺上青天』！」我吟出姊姊背的第一首詩。

「『自去自來梁上燕，相親相近水中鷗』。呵呵，真是好兆頭！」

儷曉見狀，也誦道：「『穿花蛺蝶深深見，點水蜻蜓款款飛』。」

寧靜阿媽微笑著：「余光中的〈草堂祭杜甫〉：『漂泊在西南的天地間／草堂怎能比得上宮殿／草堂不能為你蔽風雨／宮殿又豈能擋住胡騎／當所有的宮殿都倒下／唯有草堂巍立在眼前／草堂，才是朝聖的宮殿。』」

姊姊望著草堂，甩甩髮辮，洋溢天使般的笑容。「這是我聽過最好的讚美……」

我們一時都被那個笑迷住了……呃，不對！杜子美的表情太過愉悅，不像她的風格。於是我脫口逼問：「你想幹麼？在想什麼？」

阿媽和儷曉也定睛看她。她彷彿被抓到做壞事，有點驚慌，但只嘟噥著：「沒什麼啦，我只是對……『穿梭星河中小學』挺感興趣的……」

我們三人同時被電到般，異口同聲喊：「別找麻煩了！」

【杜子美高聲朗誦】

〈聞官軍收河南河北〉

劍外忽傳收薊北，初聞涕淚滿衣裳。
卻看妻子愁何在，漫卷詩書喜欲狂。
白日放歌須縱酒，青春作伴好還鄉。
即從巴峽穿巫峽，便下襄陽向洛陽。

【寧奶奶智慧語譯】

劍門以南突然傳來官軍收復薊北的捷報，我一聽到就感動得涕淚四流，還沾溼了衣裳。回頭看看妻子和孩子，多年籠罩的愁雲已然不在；我隨意收拾書籍，欣喜得直要發狂。在這樣美好的日子裡，應該放聲高歌、開懷暢飲；並趁著明媚的春光，和家人結伴返回家鄉。立刻就從巴峽穿過巫峽，順流而下，一路到達襄陽，再轉向洛陽吧。

【杜拾遺獨家傳祕】

「滿衣裳」和「喜欲狂」都用了「誇飾」法。「即從巴峽穿巫峽，便下襄陽向洛陽」是「示現」修辭法的「預言的示現」，將回鄉之事搬到眼前，讓人彷彿可以看到整個過程。在形容喜悅或歸心似箭的心情時，可以運用。而「白日放歌須縱酒，青春作伴好還鄉」為「對偶」，其中「青春」意指明媚的春光，又為「借代」法。提到春天時可以引用，甚至可引申為「趁年輕」、「及時行樂」。

附錄

詩人生平、其他詩作

杜甫（七一二—七七〇）

西元八世紀，中國唐朝，有這麼一位「天涯流浪客」，他胸懷華采、抱負與悲憫的心，四處流轉，漂蕩……

他是杜甫，廣闊天地間的一隻沙鷗，孤單翻飛於大唐世界。也曾想安定身家，也曾想報效社稷，然而始終相伴的，是一些親人、幾個朋友，以及浩瀚的文學之海。

杜甫（七一二—七七〇），字子美，盛唐大詩人。生於河南鞏縣，祖籍杜陵（陝西長安），是初唐詩人杜審言的孫子，西晉名將杜預是他的遠祖。杜甫自幼年起就展現了文采，那時家中經濟情況尚可不愁。二十歲起，他壯遊大江南北八、九年，遊歷了吳、越、齊、魯等地，為觀賞河山、增廣見聞、結識朋友。杜甫和大他十一歲的詩人李白，還有高適、岑參、裴迪等，交情都很好，同遊過好幾回。

杜子美懷抱著文學才華和政治理想，三十六歲在長安應試，但落榜了，便困居長安十年，到處獻詩、獻賦，希望謀得一官半職。無奈懷才不遇的他，不僅無法實現經世濟民的理想，漸漸的，連基本生活都有了困難。那時唐朝已由盛轉衰，內亂加上外患，局勢動盪不安，四處大鬧饑荒，他的生活也就愈加窮苦了。安史之亂發生後，玄宗逃離都城長安，前往四川，杜甫將家小送往鄜州安置後，隻身投奔剛在靈武即位的肅宗。途中，他竟被叛軍俘虜回長安，過了八個月痛苦的囚居生活，見到戰亂下殘破的長安、於水深火熱中的百姓，卻只能寫詩記錄，兼以抒發感懷。後來，他終於冒險逃脫，穿著「麻鞋」見到了天子肅宗，狼狽不堪；但肅宗大為感動，授予他左拾遺的官職，後世才會稱呼他為「杜拾遺」。

然而，多苦多難的杜甫，再因「上疏救房琯」的事件而被貶官到華州。赴任間，親眼看見戰役失序、人民失親的社會亂象，痛心之餘，以詩歌做了非常忠實的紀錄。隨後，他棄官入四川，靠親戚朋友幫忙，在成都浣花溪畔築草堂而居，生活用度只能仰賴援助。期間，好友四川節度使嚴武還命他為節度參謀，並薦舉任檢校工部員外郎，故後世又稱他「杜工部」。

爾後，杜甫還是因為多病和不適應官場文化而辭了官，過著隱逸、貧窮，但較為安定的草堂生活。這樣的日子過了不久，一路以來情義相助的好友嚴武，卻不幸於壯年病死了！此時已五十五歲、貧病交迫的杜甫，頓時失去依靠，於是再度舉家漂泊，輾轉流浪，甚至到了湖南、湖北等地，窮途潦倒到了極點。最後，他在一個冬天孤獨病死於潭州一艘小船上，享年五十九歲。飄浮的人生，就此沉下……

「天涯流浪客」杜甫，一生雖然貧病不斷、漂泊不安，還飽經多次戰火，沒過過幾天好日子；但他熱愛生活、關心社會，以敏銳的觀察力和感受力來刻苦創作，流傳有一千四百多首詩！他憂國愛民，政治思想為儒家的仁政，具悲天憫人的仁者胸懷，被後人尊為「詩聖」；又因其詩作描寫安史之亂前後的國家社會狀況，還有百姓的苦難及他親身的遭遇，讓後代能夠輕易了解當時的唐朝，故又被稱為「詩史」，是中國文學史上最偉大的現實主義詩人。

杜甫不只寫史，我們還可以從他的詩中，讀到頗為完整的個人生活紀錄，了解他每一時期的境況和感情。這種寫作手法，奠定了後來生活詩歌的基礎，使得之後的白居易、韋莊和宋朝的蘇軾等人，都效法杜甫，將生活、事件與觀點全寫進了詩裡。

經濟生活至為單薄的杜甫，在文學生活上卻極為飽滿，尤其是他的詩作，擁有十分傑出與多元的藝術成就。儘管人生愁苦不堪，他的文學生命與價值卻光芒萬丈，乃唐詩中集思想及藝術之大成者，在中國文學史上占有崇高地位。

杜甫詩風沉鬱頓挫，寫實而真摯，與同代的「詩仙」李白齊名，世稱「李杜」；後人則因他曾住在浣花溪畔的草堂大量寫作，所以稱他的詩集為《草堂詩集》。

杜甫的詩，風靡了後代一千多年，影響可謂深遠！即便身在二十一世紀，杜詩依然不退流行。

〈八陣圖〉

功蓋三分國，名成八陣圖。江流石不轉，遺恨失吞吳。

【語譯】

諸葛亮的功績，在確立魏蜀吳三分天下、鼎足而立的三國時代，可算最為卓著。尤其他所創的對付魏、吳的八陣圖兵陣，真是名傳千古。儘管六百年來江水不停奔流，也沖不動這八陣圖的石堆，它們依然屹立不搖。可惜的是，劉備伐吳失計，破壞了他聯吳抗曹的策略，使統一大業中斷，成為他一生的遺憾。

· · · · ·

〈水檻遣心二首〉其一

去郭軒楹敞，無村眺望賒。澄江平少岸，幽樹晚多花。
細雨魚兒出，微風燕子斜。城中十萬戶，此地兩三家。

【語譯】

草堂遠離城郭，窗軒寬敞，我極目遠望，因為沒有村莊阻隔，故視野開闊。只見那江水澄淨清澈，上漲的潮水幾乎與江岸一樣平，分不太清楚了；而草堂四周，處處是幽林，盛開的繁花也都隱在春日的傍晚中。魚兒趁著濛濛細雨，不時活躍的跳出水面；微風中，燕子歡悅的斜飛過天空。城中有燈火十萬戶，而草堂附近的景色，可只由這兩三戶人家共享呢。

〈江村〉

清江一曲抱村流，長夏江村事事幽。
自去自來梁上燕，相親相近水中鷗。
老妻畫紙成棋局，稚子敲針作釣鉤。
多病所須惟藥物，微軀此外更何求？

【語譯】

一彎清澈的江水，環抱著村子緩緩流動。初夏，在飽經流離後而住下的江村，事事都顯得清幽有趣。看那梁間的燕子，時來時去，自由自在；江上的鷗鳥，忽近忽遠，相親相伴。還有，妻子在紙上畫棋盤下棋；幼兒把針敲彎用作釣鉤。多麼恬靜悠閒的時刻呀！而多病的我，需要的只是治病的藥物，除此之外，這卑微的軀體，還有什麼別的奢求呢？

⋯⋯

〈秋興八首〉其八

昆吾御宿自逶迤，紫閣峰陰入渼陂。
香稻啄餘鸚鵡粒，碧梧棲老鳳凰枝。
佳人拾翠春相問，仙侶同舟晚更移。
彩筆昔曾干氣象，白頭吟望苦低垂。

【語譯】

長安上林苑御宿川的昆吾亭彎曲迴旋，紫閣峰位在渼陂池的南邊。這裡的香稻米是鸚鵡啄剩的，這裡的碧梧枝是鳳凰棲老用的。春天，女子們拾起翡翠的羽毛互相問候，而仙人同舟，天晚了還不願離去。想當年，我的五彩文筆也曾參與那繁華盛世，如今呢，只能在苦吟中低垂白頭。

〈戲為六絕句〉其二

王楊盧駱當時體，輕薄為文哂未休。

爾曹身與名俱滅，不廢江河萬古流。

【語譯】

初唐時王勃、楊炯、盧照鄰、駱賓王的詩文各擅勝場，但尚未完全擺脫六朝華麗藻飾的習氣，是當時風氣使然，不應以今非古，予以苛責。現今文人多認為他們的文

風過於「輕薄」，不停的譏諷。但是啊，那些譏笑、批評四傑的人，身和名早就在歷史洪流中滅絕了，初唐四傑的文章卻能如江河般不廢，足以萬古流芳。

〈春望〉

國破山河在，城春草木深。感時花濺淚，恨別鳥驚心。烽火連三月，家書抵萬金。白頭搔更短，渾欲不勝簪。

【語譯】

國家遭受戰火已經破亡了，只有山河依舊存在；春天到來，可是長安城裡草木叢生，雜亂而令人倍感淒涼。在這種局勢中，我的感傷特別凝重，看到盛開的花兒，都會忍不住傷心落淚；聽到鳥兒鳴唱，也不禁黯然心驚、怨恨離別。戰火已經延續好幾個月了，還是無法停止；在這兵荒馬亂中，如果能收到一封家書，真是抵得上萬兩黃金呀！唉，我頭上的白髮因煩惱而愈抓愈少，幾乎都插不上簪子了！

〈閣夜〉

歲暮陰陽催短景，天涯霜雪霽寒宵。
五更鼓角聲悲壯，三峽星河影動搖。
野哭幾家聞戰伐，夷歌數處起漁樵。
臥龍躍馬終黃土，人事音書漫寂寥。

【語譯】

冬季的日月轉換，夜長晝短，使人倍覺歲月飛逝。四川的夔州地處天涯邊陲，霜雪在寒冬夜晚顯得明亮如晝，十分淒涼。我輾轉難眠，清晨五更時分，聽到遠處傳來鼓角聲，聲聲悲壯；而三峽水流湍急，天上的星辰與銀河倒映其中，隨著江水不停波動搖曳著。從幾家的慟哭中我聽到戰爭的聲音，因那哭聲響徹四野；漁人樵夫，不時在夜裡唱著境內少數民族的歌謠。想想，諸葛亮和公孫述賢愚同盡，最終都埋進了黃土之中，令人不勝感慨；而我失意又漂泊不定的官場生活，只為我帶來漫不經意的寂寥啊！（表面說個人小苦惱沒什麼，但流露出無可奈何又極度憤慨的情緒。）

〈後出塞五首〉其二

朝進東門營，暮上河陽橋。落日照大旗，馬鳴風蕭蕭。

平沙列萬幕，部伍各見招。中天懸明月，令嚴夜寂寥。

悲笳數聲動，壯士慘不驕。借問大將誰，恐是霍嫖姚。

【語譯】

（以剛入伍的新兵口吻）我白天才進入洛陽城東門附近的軍營，向邊關開拔，入夜後便登上了通往河北的交通要道河陽橋。到了邊地，夕陽餘暉斜照營隊戰旗，風聲與馬的嘶鳴聲交織著。宿營時，在平坦的沙地上，排列駐紮了成千上萬個帳幕，行伍中的長官，正各自召集屬下士兵。一輪明月高掛空中，軍令森嚴，使得萬幕鴉雀無聲，荒漠的夜晚如此沉寂。忽然，數聲悲咽的胡笳聲劃破夜空，出征的壯士們一片肅然，心生淒慘之感。我不禁想問統帥這支軍隊的主將是誰呢？恐怕是像西漢嫖姚將軍霍去病那般能力過人的將領吧！

〈登岳陽樓〉

昔聞洞庭水，今上岳陽樓。吳楚東南坼，乾坤日夜浮。
親朋無一字，老病有孤舟。戎馬關山北，憑軒涕泗流。

【語譯】

以前就聽說洞庭湖水浩瀚，今日有一機會登上岳陽樓親眼看看。古代的吳國和楚國疆界，被廣闊無邊的洞庭湖水劃分成東西兩個部分；從城樓望去，日月星辰，好似整個天地都日夜漂浮在湖面上一樣，非常壯觀。這時，想起我的親戚朋友們，連音信都沒有，只有蒼老多病的我，孤獨的困在一艘小船上。我北望長安，關山以北仍戰事不斷，我沒有登樓的喜悅，只能憑倚著岳陽樓的欄杆，淚流滿面，黯然神傷。

〈石壕吏〉

暮投石壕村，有吏夜捉人。老翁踰牆走，老婦出門看。
吏呼一何怒！婦啼一何苦！聽婦前致詞，三男鄴城戍。
一男附書至，二男新戰死。存者且偷生，死者長已矣！
室中更無人，惟有乳下孫。孫有母未去，出入無完裙。
老嫗力雖衰，請從吏夜歸。急應河陽役，猶得備晨炊。
夜久語聲絕，如聞泣幽咽。天明登前途，獨與老翁別。

【語譯】

傍晚我投宿在石壕村，到了夜晚，突然聽見官吏來抓人當兵。屋裡的老翁急忙翻牆逃走，由老婦去應門。差役盛氣凌人的吼叫，老婆婆則啼哭自己的苦處。只聽見她上前說：我的三個兒子去防守鄴城。一個不久前才寫信回來，說另外兩個兄弟最近戰死，都犧牲了。活著的人暫且只能苟且偷生，死去的人就永遠完結了。我家裡已經沒有別的男丁，只有一個還在吃奶的小孫子，因為有孫子在，他的母親並沒有離去，只是窮得連一件完好的衣服都沒有。老婦我雖然年紀大了，力氣也衰弱，但請求讓我跟隨你們回兵營去，趕快投入河陽的戰役裡，還可以為軍隊準備明天的早飯啊！如此過了好久，夜深了，沒有說話的聲音了，但我隱約聽到有人低聲哭泣著。等到天亮，我要繼續趕往前面的路程，只能與那逃回來的傷心老翁告別。

……

〈新婚別〉

兔絲附蓬麻，引蔓故不長。嫁女與征夫，不如棄路旁。
結髮為君妻，席不暖君牀。暮婚晨告別，無乃太匆忙！
君行雖不遠，守邊赴河陽。妾身未分明，何以拜姑嫜？
父母養我時，日夜令我藏。生女有所歸，雞狗亦得將。
君今往死地，沉痛迫中腸。誓欲隨君去，情勢反蒼黃。
勿為新婚念，努力事戎行！婦人在軍中，兵氣恐不揚。
自嗟貧家女，久致羅襦裳。羅襦不復施，對君洗紅妝。
仰視百鳥飛，大小必雙翔。人事多錯迕，與君永相望！

【語譯】

菟絲依附柔弱的蓬麻而生長，勢必長不好。把女兒嫁給出征的丈夫，還不如把她丟棄在路旁。我和你結為夫妻，沒想到，連一床席被都來不及睡暖，就要分別了。我們黃昏時結婚，你隔天清早就離開，未免太匆匆啊！你去的地方雖不遠，只是戍守河陽，但才一夜，我做兒媳的身分尚未分明，叫我怎麼拜見公婆啊？我爹娘養育我時，將我當寶一樣藏起來，白天夜晚都不讓外人看見。我本應嫁雞隨雞，嫁狗隨狗的，你現在就這樣走向戰場去送死，我著實沉痛得柔腸寸斷！我多希望能跟著你一起去，但眼前戰爭情勢緊急，變化那麼大。所以，只能忍淚勸你，不要太過思念我們的新婚，要努力作戰、為國家效力才好。何況一個女人家如果硬要跟到軍中去，恐怕士氣難以振作，會影響軍威啊。我嘆息自己是個貧家女，好不容易才有機會穿上這件出嫁的絲羅禮服。我發誓，這件絲羅嫁衣不會再為第二個人穿，我還能當著你的面，洗掉美麗的粉妝，不再打扮。唉！抬頭看看天空百鳥飛翔，大大小小，都是成雙成對飛著的。偏偏人世間的事情，是這般交錯不順，違背人意啊！儘管如此，我對你的愛情仍是堅貞不渝，要與你永遠相思相望！

張曼娟唐詩學堂：

麻煩小姐（杜甫）

策　　劃｜張曼娟
作　　者｜黃羿瓅
繪　　者｜王書曼

責任編輯｜李幼婷
特約編輯｜蔡珮瑤
視覺設計｜霧室
行銷企劃｜葉怡伶

發行人｜殷允芃
創辦人兼執行長｜何琦瑜
副總經理｜林彥傑
總監｜林欣靜
版權專員｜何晨瑋、黃微真

出版者｜親子天下股份有限公司
地址｜臺北市 104 建國北路一段 96 號 4 樓
電話｜（02）2509-2800　傳真｜（02）2509-2462
網址｜ www.parenting.com.tw
讀者服務專線｜（02）2662-0332 週一～週五：09:00~17:30
讀者服務傳真｜（02）2662-6048
客服信箱｜ bill@cw.com.tw
法律顧問｜台英國際商務法律事務所 ・ 羅明通律師
製版印刷｜中原造像股份有限公司
總經銷｜大和圖書有限公司 電話：（02）8990-2588

出版日期｜ 2017 年 7 月第一版第一次印行
　　　　　2021 年 8 月第一版第六次印行
定　　價｜ 320 元
書　　號｜ BKKNA016P
I S B N ｜ 978-986-94959-3-6（平裝）

訂購服務
親子天下 Shopping ｜ shopping.parenting.com.tw
海外 ・ 大量訂購｜ parenting@cw.com.tw
書香花園｜臺北市建國北路二段 6 巷 11 號　電話（02）2506-1635
劃撥帳號｜ 50331356 親子天下股份有限公司

國家圖書館出版品預行編目 (CIP) 資料

麻煩小姐 : 杜甫 / 黃羿瓅撰寫 ; 王書曼繪圖.
-- 第一版. -- 臺北市 : 親子天下, 2017.07
232面 ; 17×22公分. -- (張曼娟唐詩學堂 ; 4)
(張曼娟學堂系列 ; 16)
ISBN 978-986-94959-3-6(平裝)
859.6　　106008901